〈スキャンダラスな女〉を欲望する

文学・女性週刊誌・ジェンダー

井原あや
Ihara Aya

青弓社

〈スキャンダラスな女〉を欲望する――文学・女性週刊誌・ジェンダー／目次

第2部　スキャンダルを連載する――〈女〉を語る

装丁――斉藤よしのぶ

凡例

・引用の出典は、本文中、あるいは注に示した。
・資料の引用に際しては、書名・新聞・雑誌名を「　」で示した。作品名、新聞、雑誌記事などのタイトルも「　」を用いた。
・引用文中の旧漢字は適宜新漢字に改めた。また、ルビ・圏点などは適宜省略した。
・引用者の注は、適宜、〔引用者注〕と記載した。
・年代の表記は原則として西暦を用いた。

はじめに

スキャンダルと文学

女性週刊誌はスキャンダルを発信し、スキャンダルに連鎖する物語を醸成する場であると言ったら、語弊が生じるだろうか。

ここ数年の間に、女性週刊誌各誌は創刊五十周年という節目の年を迎えた。「週刊女性」（河出書房―主婦と生活社）は一九五七年創刊、「女性自身」（光文社）は五八年創刊、そして「女性セブン」（小学館）は六三年創刊、いずれも、二〇〇七年から一三年の間に創刊五十周年を迎えている。女性週刊誌各誌が、この半世紀を振り返る特集を組んでいるのだが、ここでその一つ、一三年に創刊五十周年を迎えた「女性セブン」の「創刊五十周年　特別企画」を見てみたい。「女性セブン」（二〇一三年五月九・十六日号、小学館）は、連載企画「新われらの時代に」五百十二回で「創刊五十周年　特別企画　時代とともに、女性とともに②　女性週刊誌が変わらずに、変わりつつ伝えてきたもの」を掲載した。まずは以下にそのリード文を引用する。

おかげさまで『女性セブン』は今年、創刊五十周年。今号はまさにその記念号で通巻二千三百八十一冊目にあたります。一九六三年四月の創刊以来、常に〝女性の今〟をお伝えしてきた本誌の半世紀は、昭和から平成への女性の変化の歴史そのもの。家庭、職場ほかの女性を巡る環境、そして女性の意識も大きく変わっていくなかで、一貫して女性の生き方を応援し続けてきた本誌も、五十年の間に変遷を重ねてきました。その歩みを振り返りつつ、「そもそも女性週刊誌って?」という素朴な疑問にお答えします。

（同誌七六ページ）

右の引用にある「常に〝女性の今〟をお伝えしてきた」という自負は、「女性セブン」に限らず、ほかの女性週刊誌も同様だろう。そして、「〝女性の今〟」に寄り添ってきたという自負は記事本文からも当然見いだすことができる。引用が多くなるが、記事本文には、「女性セブン」の創刊当時の状況が次のようにまとめられている。

いつも、溌剌とした歌声が響いていた。六三年、梓みちよ（六十九才）は『こんにちは赤ちゃん』を、舟木一夫（六十八才）は『高校三年生』を高らかに歌い、人々はそれを口ずさんでいた。翌六四年開催の東京オリンピックでは、女子バレーボールチーム「東洋の魔女」が、金メダルを獲得するのでは…そんな期待が膨れあがっていた。

日本の経済は右肩上がりに成長を続け、それを反映して、暮らしが少しずつよくなるのを誰もが実感している。そんな年に『女性セブン』は産声を上げた。

日本の女性はこれから大きく変わるという確信が世の中にあった。（略）

女性の平均初婚年齢はおよそ二十四才。つまり、学校を出て数年間働き、恋愛結婚の末に寿退社をする――そんな女性たちが増えた時代に、彼女たちの生き方を応援し、役立つ情報を発信する雑誌として、『女性セブン』は生まれた。

（同誌七八ページ）

現行の女性週刊誌三誌のうち、最後に創刊されたのが「女性セブン」だが、右に挙げた当時の社会状況は、他の二誌創刊の折にも十分当てはまる。「日本の女性はこれから大きく変わる」、だからこそ「彼女たちの生き方を応援し、役立つ情報を発信する」という確固たる信念は、「右肩上がりに成長を続け」た高度経済成長期に創刊した女性週刊誌のいずれもが抱いているのだろうが、女性週刊誌が、女性の「生き方を応援し、役立つ情報を発信する」雑誌かと問われれば、容易にはうなずきがたいのではないだろうか。

たしかに女性週刊誌は、その創刊当初から実用記事に力を入れ、現在も多くの実用記事や社会問題を掲載してはいる。作家の林真理子も「よく女性週刊誌というと、「あぁーよく芸能人の噂話を書く雑誌ね」と切り捨てる人がいるが、それは偏見というものだと思う」（「女性週刊誌が売れているかぎり日本は大丈夫」、前掲「女性セブン」二〇一三年五月九・十六日号、七四ページ）と創刊五十周年に寄せた「特別寄稿」で書いているが、それではなぜ、先の「創刊五十周年　特別企画」や林真理子による「特別寄稿」が掲載されるこの号に、同じ「五十年」を記念してまとめられた「女と男の愛憎五十年史」も掲載されているのだろうか。「創刊から半世紀にわたる本誌のスクープ史。時の著名人たちの愛憎ドラマの証拠写真をアーカイブから取りだして大公開」というリード文とともに一九六四年の美空ひばりと小林旭の離婚から九三年の松田聖子とアラン・リードの「性こり」もない「婚外愛」まで、年代ごと写真入りで紹介されるのは、「女と男の愛憎」――スキャンダルにほかならない。女性週刊誌は、女性の「生き方を応援し、役立つ情報を発信する雑誌」であるとともに、スキャンダルの物語を紡ぐことで、誌面に定型化した女性表象を映し出し、〈女〉の罪深さを繰り返し説く雑誌でもあるだろう(1)。

そして、こうしたスキャンダルを語るなかに、かつて、文学も含まれていたのだ。

本書は、このような女性週刊誌を中心とするマスメディアのなかで、〈女〉たちがどのような物語に取り込まれていくのかを検討するものである。

スキャンダルと結び付いたとき、文学は社会に浸透する。それまで一部の愛読者や、文壇と文壇を取り巻く読者たちによって愛好された文学は、心中、情死、駆け落ち、略奪といったスキャンダルに満ちた言葉と結び付き、メディアのうねりのなかでより大きな広がりを見せ、本来、文学に関心がなかった人々の好奇に満ちた視線をも巻き込んでいくようになる。そして人々は、そのスキャンダルの渦中にいる人間の様相を、なかでも女たちがたどる姿を好餌とする。

本書は、そうした文学と関わった女たちがたどる姿に光を当て、彼女たちがどのように表象されたのか検討を試みるものである。「文学と関わった女たち」とは、ずいぶん遠回しな言い方のようにも聞こえるが、ここでは、男性作家と恋愛関係にあった女性や、女性作家、女優といった「女たち」を指している。なかでも第1部「スキャンダルを描く――〈太宰治〉の周縁」では、太宰治と恋愛関係にあった太田静子・山崎富栄のマスメディアでの表象に注目し、一九四八年の太宰治の情死を起点に、文芸誌に限らず週刊誌や女性誌、女性週刊誌などをもとに神話化された作家・太宰治の傍らで何が起きたのかを検討し、第2部「スキャンダルを連載する――〈女〉を語る」では、五〇年代末以降、メディアに台頭してきた女性週刊誌に目を向け、たびたび特集に登場する「女たち」に向けられた視線を読解していく。マスメディアが持つ言説の力の前で〈女〉たちはどのようにまなざされ語られるのだろうか。

文学は、新資料の発見や長年の研究成果が積み上げたテクスト読解などによって支えられもし、また新たな可能性の地平を拓いていく。これは自明のことである。しかしその反面で、スキャンダルもまた、文学を下支えする重要な要因であることはまぎれもない事実である。

詳細は本書第1章「「斜陽」のざわめく周縁――〈太田静子〉のイメージ化」以降で論じるとおりだが、論述は以下のように進めていく予定である。

帝銀事件など戦後の混乱が続く一九四八年、太宰治は「人間失格」(「展望」一九四八年六月―八月号、筑摩書房)連載中に、山崎富栄と東京・三鷹の玉川上水で入水自殺をはかり、六月十九日に二人の遺体が発見された。その前年、四七年十一月には、「「斜陽」のモデル」太田静子との間に太田治子をもうけていて、周知のとおり、この二人の女性――太田静子と山崎富栄と太宰は恋愛関係にあった。もとより健康が心配されていた太宰と、その看護もおこなっていた富栄が、三鷹にある富栄の下宿先から姿を消したのが四八年六月十三日。約一週間、水底にしずむ二人の行方はわからなかったのだが、このスキャンダルが文学にもたらしたものを滝口明祥は次のように指摘している。

太宰はいつから人気作家になったのだろうか。少なくとも戦争が終わるまでの太宰は、そうしたものからはほど遠い存在であった。たしかに「近代文学」の同人たち、或いは吉本隆明や奥野健男など、戦後に活躍を始めた作家・批評家たちは学生時代に太宰作品の熱烈な愛読者だったことを種々証言してはいる。しかしそれはあくまで一部の文学青年の熱狂に留まるのであって、一般に知られるようになったのは戦後になってからであり、さらに言えば、その死後であったと言っても過言ではないだろう。

きっかけとなったのは情死報道であった。太宰が戦争未亡人の山崎富栄とともに行方不明になったのは一九四八年の六月一三日。それから一九日に玉川上水から死体があがるまでの数日間、新聞やラジオでは連日その失踪が大きく取り上げられ、社会的なセンセーションを捲き起こした。(2)

滝口は一九四八年六月の「情死報道」によって太宰が「人気作家」の仲間入りを果たしたとし、この「情死報道」によって、当時、筑摩書房から刊行されていた『ヴィヨンの妻』(一九四七年)や『人間失格』(一九四八年)が、売り切れやベストセラーになったと述べている。こうした太宰治に対する報道のあり方は、スキャンダルが文学に大きな影響を与えていることの証拠となるだろう。滝口の論は「太宰治」の受容に注目したものなので、山崎・太田についてはこれ以上、論の広がりを見せないのだが、太宰治の場合のように文学がスキャンダルと結び付き、メディアを介して流通するとき、文学に関わった女たちは実像を遠く離れていく。女たちの姿は、メディアやメディアの受け手が望む姿に変えられ、眼前に立ちのぼるのだ。

流通する女たち

言うまでもなく、こうした事態は、太宰と太田静子・山崎富栄の場合だけに限るものではない。この二人については、本書第1部で詳しく論じるので、ここからは、第2部の女性週刊誌に着目した論のなかにたびたび登場する松井須磨子の死を報じた記事を例に、そこに表れる須磨子の表象を考えてみたい。

明治末から大正初年の文芸協会、そしてその後は早稲田大学教授の職を辞した島村抱月率いる芸術座の看板女優として活躍し、近代女優として名を馳せた松井須磨子は、『人形の家』のノラ、『故郷』のマグダ、『復活』のカチューシャ、そして『サロメ』『カルメン』などの近代演劇に大きな功績を残す一方で、島村抱月との恋愛によってスキャンダラスな余光に包まれた女優というイメージが強いが、このような須磨子に対するイメージは、小平麻衣子によれば、むしろ後付けでできあがったものだと言う。

周知の如く、文芸協会の解散と芸術座旗揚げ（大正二年九月）のきっかけは、『故郷』上演頃が発端とされる抱月と須磨子の恋愛関係と言われる。妻子ある抱月と須磨子の恋愛は、その後、大正七（一九一八）年に抱月が流行のスペイン風邪で死亡し、芸術座でも孤立した須磨子が後を追って自死するという結末を迎えた。同じ墓に埋めてほしいとの遺言も叶えられず、死を賭した愛に同情した人々によって芸術比翼塚が建てられ、これ以上ない悲恋の物語として語り継がれている。だがその恋の当初は、報道を見る限り、後世のドラマ化あるいは真実探求の欲望に取りつかれた研究が語るほど、スキャンダラスには取り上げられていない(3)。

従来、「文芸協会の解散と芸術座旗揚げ」の原因は、「抱月と須磨子の恋愛関係」にあると考えられていたが、小平は「文芸協会の解散では、当事者である抱月や坪内逍遥が恋愛問題について沈黙しているのはもちろん、周囲からも逍遥と抱月の文学をめぐる新旧思想の対立と解釈されていたこと、文芸協会の解散騒動によって「むしろ非難されているのは逍遥の方(4)」であったと指摘している。とするならば、須磨子がスキャンダルにその身を包むことになったのは、一九一八年十一月五日の抱月の死を受けてちょうど二カ月後の一九年一月五日の須磨子の縊死、すなわち須磨子による〈後追い心中〉が大きな力点であったのだ。

須磨子の死は、死の前日に写された「カルメンに扮せる松井須磨子」の写真を大きく掲げ、「松井須磨子の死　三十四を一期として芸術座内にて縊死を遂ぐ　故抱月氏の死と同日同刻に」（「読売新聞」一九一九年一月六日付）という見出しで報じられた（図1）。

同じ記事には、「オフイリヤから死迄　須磨子の生涯」という見出しで、長野県松代で生まれた小林正子が結婚・離婚を経て女優・松井須磨子として成功を収めていく経緯について、「明治四十

松井須磨子の死
三十四を一期として藝術座内にて縊死を遂ぐ
故抱月氏の死と同日同刻に

図1　三段抜きで掲載された須磨子の「カルメン」
（出典：「読売新聞」1919年1月6日付「松井須磨子の死」）

二年坪内博士の文芸協会附属演劇研究所成るや第一期生として入り」「四十四年卒業し、第一回文芸協会公演として同四月帝劇に「ハムレット」のオフイリヤを勤めたのを振出しに」『人形の家』のノラ、『故郷』のマグダなどを次々演じ、島村抱月によって芸術座が設立されたあとも、「イブセンの「海の夫人」のエリイダ、トルストイ「復活」のカチユーシヤ、ツルゲエネフ「其の前夜」のエレナ、ワイルドの「サロメ」、トルストイ「アンナ・カレニナ」等は須磨子の名を記憶せしむるものであった」と評している。記事は、このような近代劇に須磨子が遺した功績に加えて、坪内逍遥、伊原青々園、そして実兄米山益三に宛てた遺書があったこと、なかでも伊原青々園宛ての遺書は全文公開され、「只一つ、はかだけを同じ処に願ひたうございます。

くれぐ〳〵もお願ひ申し上げます（略）では急ぎますから、何卒〳〵はかゝだけを一緒にして頂けます様、幾重にもお願い申上げます、同じ処にうめて頂く事をくれぐ〳〵もお願申上げます」と抱月と同じ墓所を切望する心情が綴られていたことも紹介されているのだが、ここで注目したいのは、彼女の死の姿である。

この「読売新聞」の記事は、「亀里いせ」が発見した須磨子の姿を次のように伝えている。

須磨子は、舞台裏なる楽屋（兼舞踊室）に接せる道具小屋の梁に緋縮緬の細紐をかけ卓子に椅子を重ねたるを足がゝりとして、常の女優髷、大島絣の重着のまゝ死見るからにいと安らかに大往生の姿を現じ居たるを下婢亀里いせが午前八時発見して大騒となり、座員等は直ちに遺骸を二階なる故抱月氏の逝ける一室へと安置し（略）

（前掲「松井須磨子の死」）

記事は、「常の女優髷、大島絣の重着のまゝ」「緋縮緬の細紐をかけ」て縊死を果たした須磨子の姿を伝えているが、その後、こうした須磨子の死の姿は、先の小平麻衣子の指摘にあるように「真実探求の欲望に取りつかれた研究」やそれに類似するゴシップによって、より微細に、スキャンダラスに語られることになるのだ。

例えば須磨子の死の姿は、時を隔てて、同じ「読売新聞」紙上に次のように甦る。

その夜の彼女は女優巻の髪を結び、大島絣の着物に同じ羽織を着、舞台用のテーブルを道具小屋の土間に据ゑ、大道具の縁板を渡して橋となし其の上に椅子を乗せて緋縮緬のしごきを梁にかけ自殺支度を済ませ次に椅子を蹴つて自殺を遂げたものらしい、少しの苦悶の跡もなく美しい死様であつた、机上には坪内博士、伊原青々園氏及び実兄米山増《（ママ）》三氏に宛てた遺書があり現場は木屑鉋屑など散乱しその中に生々しい鼻血が滴つて見るも哀れな場面だつた

（警視庁技師　荒木治義「自殺変遷考（3）　緋縮緬の扱帯を梁に縊死を遂げた松井須磨子の死の前後」「読売新聞」一九三一年十一月二十日付）

右の記事は、「亀里いせ」が発見して「読売新聞」（一九一九年一月六日付）が報じた須磨子の死の姿とよく似ているようでいて、全く異なる須磨子の死の姿を見せてもいる。「亀里いせ」が発見した「いと安らかに大往生の姿を現じ」た須磨子の姿は、右の記事でも同様に「少しの苦悶の跡もなく美しい死様であつた」と語られてはいるものの、この一九三一年の記事は、「木屑鉋屑など」が散乱する道具小屋の床に須磨子の「生々しい鼻血が滴つて」いたこと、その光景は「見るも哀れな場面だつた」ことをも記載しているのである。

「女優髷」（「女優巻」）、「大島絣」、「緋縮緬の細紐」、そして須磨子から滴り落ちる「血」――この「血」を媒介にして、須磨子の死後、芸術座座員らの証言をもとに形作られる彼女の死の姿は、「いと安らかに大往生の姿」や「少しの苦悶の跡もなく美しい死様」以上のものをその後のメディアのなかに呼び起こしていくことになる。

滴り落ちる「血」

須磨子の死の姿やスキャンダルは、死の直後だけでなく、その後も語り継がれていくわけだが、本書第2部で検討する女性週刊誌もまた、須磨子のスキャンダルに大いに加担し、スキャンダルの余光に包まれた須磨子の姿を読者にわかりやすいかたちで伝えたメディアであった。ここでは、女性週刊誌が伝える須磨子の姿を見てみたい。

須磨子の死の姿は、抱月との恋愛とともに女性週刊誌の様々な連載や特集で取り上げられたのだが、その一例として、まずは一九六七年三月二十日から五月二十二日まで女性週刊誌「ヤングレディ」（講談社）に連載された「実名連載小説　禁じられた恋に生きた女たち」の第六回、田中澄江による「須磨子無惨　島村抱月の命日にあと追い心中した新劇の女王・松井須磨子の悲劇」（一九六七年四月二十四日号。以下、「須磨子無惨」と略記）を見てみると、須磨子の死の姿は、「白い首にくいこむ赤い腰紐」という章見出しとともに、「場所は、抱月と上演の準備の打ち合わせもしたであろう芸術倶楽部の大道具置場。大島紬に羽織を重ね、水色繻珍の帯をしめ、真赤な絹の腰紐が二まわり、その白い首にくいこんでいた」（前掲「須磨子無惨」一二七ページ）と書かれている。「水色繻珍の帯」「真赤な絹の腰紐」、その腰紐が食い込む「白い首」。須磨子の死の姿は、女性週刊誌のなかでより鮮やかに極彩色に再現されているのだ。しかも、「真赤な絹の腰紐」が食い込む「白い首」は、「いわゆる美人というのではないが、眼も眉毛も口許も、本人の意思の強さを秘めて、見るからにきりりとひきしまり、残されたどの写真も、肌理のなめらかさを忍ばせて、ふっくらとした豊頰が、みずみずしい女っぽさにかがやいている」（前掲「須磨子無惨」一二五ページ）と描かれる彼女の身体や、「須磨子無惨」の冒頭に掲げられた「サロメ」を演じる肌を露出した須磨子の写真（図2）と相まって、須磨子のセクシュアリティを強調し、「白い首」に「真赤な絹の腰紐」を食い込ませ絶命する須磨子の姿を想像させるのである。

そうした須磨子のセクシュアリティは、同じく女性週刊誌「ヤングレディ」に一九七一年一月四日から三月十五日まで連載された「ドキュメント情死・選ばれた女」でも、再びなぞられていく。

実名連載小説 第6回

須磨子無《む》惨《ざん》

島村抱月の命日にあと追い心中した新劇の女王・松井須磨子の悲劇

田中澄江

その晩年を冷たくあしらった妻子ある恋人、島村抱月の死の枕べに駆けつけた時、松井須磨子は、おのれの失った珠のいかに偉大であったかを思い知った。そして決心するのである。——私もいっしょに死ななければならない？

一世を風靡したカチュウシャ

図2 「サロメ」に扮した須磨子。なお「須磨子無惨」の文中に須磨子が演じた「カチュウシャ」や「ノラ」の話題は出てくるが、「サロメ」の話題はほとんど出てこない。
（出典：田中澄江「実名連載小説第6回　須磨子無惨　島村抱月の命日にあと追い心中した新劇の女王・松井須磨子の悲劇」「ヤングレディ」1967年4月24日号、講談社）

そっと部屋を抜け出ると、舞台裏へ。ひたひた……赤い緒のぞうりの音だけが、空虚にひびく。

テーブルを運んできて、その上に椅子をのせた。水色のしごきで膝をしばる。緋ぢりめんのしごきを梁にかけ、その輪の中に、細いくびをさし入れて、ためらいなく椅子を蹴った。

愛する人、抱月の逝った命日、しかも同時刻に――。

「まるで彼女の舞台を見るようで、いまにも起き上がってにこにこと笑い出すかと思われたほどで、暗いかげを少しも持っていなかった。帯のあいだには抱月が日ごろ愛用していた小さな懐中時計がチクタク、チクタクと、松風のように時をきざんでいた」

同じ劇団員だった田辺若男さんは、最後の姿を、鮮やかに回想する。

やはり死の現場を目撃した明石澄子さんは、女性だけに印象が異なっている。

「松井さんはメンスだったらしく、赤いものが足を伝わって点々と垂れていたのを覚えています。……最後の最後までおんなを見せつけられたような気がしました」

（「ドキュメント情死・選ばれた女　第3回　島村抱月の同行者　せめて淡雪の溶けぬまに…女優須磨子　追慕の死」「ヤングレディ」一九七一年一月二十五日号、講談社、一三八ページ）

須磨子が歌う『復活』の主題歌「カチューシャの歌」から書き起こされるこの記事は、「ヤングレディ」の記者が、須磨子を知る人々の回想を交えながら、須磨子と抱月の恋愛、芸術座の設立、抱月の死、そして須磨子の死までをまとめたものであり、右に挙げた須磨子の死の場面は、その場に居合わせた二人の人物の回想によって再現されている。一読してわかるとおり、先の「自殺変遷考」（「読売新聞」一九三一年十一月二十日付）では、須磨子から滴り落ちる「血」は、「生々しい鼻血が滴つて見るも哀れな場面だつた」というように「鼻血」だったのだが、この「ドキュメント情死・選ばれた女」では、明石澄子の回想によって「血」は「メンス」となり、「赤いものが足を伝わって点々と垂れていた」と説明される。それは、「鼻血」が滴る「生々しさ」以上に衝撃的な須磨子の死の姿をイメージ付けていくだろう。

ここで問いたいのは、須磨子から滴り落ちる「血」が「自殺変遷考」の言うように「鼻血」なのか、「ドキュメント情死・選ばれた女」が示すとおり「メンス」なのか、どちらが事実なのかということではない。事実はどうであれ、須磨子から滴り落ちる「血」が「おんな」と結び付いていくことに注意を払う必要があるのだ。須磨子の「血」の描写は、「衝撃ドキュメント愛人　歴史の中の女　愛の殉教者たち」(5)（「週刊女性」一九七八年三月二十八日号、主婦と生活社）で「彼女は、自らの手で生命を断ったのだ。その時、彼女は生理であったという。妙な思い入れはしたくはないが、愛する男を失って虚ろな日々を送りながらも、忘れずに巡ってくる女の血を、彼女はどんな想いで見たのだろうか」と受け継がれていく。つまり「血」は、女性身体と結び付けられながら須磨子の「おんな」をさらけ出し、「おんな」であることに執念を燃やした証しとして須磨子の死の姿とともに刻まれるのだ。(6)そこに、かつて新聞が報じた「いと安らかに大往生の姿」や「少しの苦悶の跡もなく美しい死様」といった須磨子の姿はもう見えない。「おんな」であることに取りつかれたままさまよい、抱月の後を追った須磨子の姿だけが再生産されるのである。

このように、女性週刊誌は、須磨子のセクシュアリティを余すところなく伝え、須磨子という「おんな」の身体とスキャンダルを語る場として機能しているのである。女性のための週刊誌と標榜しながら、ここまで見てきた松井須磨子が典型的な例で、女性週刊誌は「おんな」であること、「おんな」の罪深さをひたすら反復していく。それはさながら、女性のための週刊誌が、ミソジニーの場でさえあるようだ。本書は、そうしたミソジニーの現場に分け入りながら、文学と関わった女たちの表象のありさまを検討していく。以下、簡単ではあるが各章の概要を示したい。

第1部「スキャンダルを描く――〈太宰治〉の周縁」では、メディアが描き続けたスキャンダルの一例として、作家・太宰治に関わった女たちの表象分析をおこなう。太宰治がいまなお広範な読者を持つ作家であることは各出版社の文庫売り上げ状況からも明らかだが、一方で、作家自身がスキャンダラスな要素が強いアイコンとして流通していることも事実である。神話化する作家というアイコンを支える女性たちの姿が、週刊誌などのメディアのなかで、どのような欲望を内包して伝えられたのか考察する。

第1章「「斜陽」のざわめく周縁――〈太田静子〉のイメージ化」では、太宰の情死後、太田静子がメディア上でどのような言説と結び付きながらイメージ化され、「「斜陽」のモデル」と呼ばれるに至ったのか、戦後マスメディアとして急成長しブームとなった週刊誌や女性週刊誌、女性誌が作り上げる〈太田静子〉の姿を、太田静子自身の書く行為やセクシュアリティの問題も視野に入れて検討する。

第2章「こぼれ落ちる声――太田治子『手記』と映画『斜陽のおもかげ』」では、太田静子の娘、太田治子の『手記』[7]とその映画（脚本）の間に生じた痕跡を明らかにする。『手記』に登場する母は、微妙なズレを含みながら映画化された。その母の姿が呼び起こした理想的な物語を読み解いていく。

第3章「「情死」の物語——マス（大衆）メディア上に構築された〈情死〉のその後」では、太宰とともに心中した山崎富栄に焦点を当てて週刊誌ブーム以降の一九六〇年代の週刊誌に注目し、週刊誌や女性週刊誌の言説、ならびにそれらを彩る挿絵や写真が編み出す情死の〈物語〉が、太宰と富栄の物語ではなく、〈山崎富栄の物語〉として巧妙に仕立て上げられていくさまを考察する。

第2部「スキャンダルを連載する——〈女〉を語る」では、第1部で取り上げたメディアのなかでも特に女性週刊誌に注目する。一九五〇年代後半に起きた週刊誌ブームに乗って誕生した女性週刊誌は、文学をどのように伝えたのだろうか。〈ミッチーブーム〉を牽引し、一九五〇年代後半から六〇年代前半にかけて相次いで出版された女性週刊誌は、のちに四大女性週刊誌（「週刊女性」「女性自身」「女性セブン」「ヤングレディ」）と呼ばれ、〈ミッチー〉を頂点に様々な女性の姿を描き出し、文学と関わった女たちの姿をも誌面にたびたび登場させた。高度経済成長期のなかで「成長」した女性週刊誌において消費された、文学と関わった女性たちのイメージを、女性週刊誌が抱えるジェンダーの問題とともに分析・検討したい。

特に、女性週刊誌の特徴である「シリーズもの」に、文学者のスキャンダルが掲載されていたことに注目する。女性週刊誌は、創刊当初から様々な「シリーズもの」を掲載していたが、そのなかには、文学と関わった女たちも多々掲載されていた。一九五〇年代末に起こった〈ミッチーブーム〉によって多くの読者を得た四大女性週刊誌は、バッシングされながらも売り上げ部数を伸ばし、全盛期となる一九六〇年代から七〇年代にかけて、有島武郎と波多野秋子の心中事件や、島村抱月と松井須磨子の恋愛と死などのシリーズをたびたび誌面に登場させた。それらの記事の多くは、「情死」「心中」「恋愛」といったスキャンダルを中心に構成され、そのスキャンダルの構図は、もはやそれが事実であるかのように世間に浸透しているイメージの光源ともなっている。第2部では、そうした女性週刊誌の「シリーズもの」のなかで再生産される女性イメージを分析していく。

まず、第4章「「禁じられた恋」のゆくえ――女性週刊誌「ヤングレディ」に掲載された「実名連載小説」をめぐって」では、「ヤングレディ」に掲載された「実名連載小説　禁じられた恋に生きた女たち」（一九六七年三月二十日号―五月二十二日号）を取り上げる。この「実名連載小説」に描かれた柳原白蓮や松井須磨子、波多野秋子、原阿佐緒、山崎富栄などの女性表象に注目し、男性ジェンダー化された視線を内面化して実名小説を書き綴る「女流作家」（「実名連載小説」は読み切り形式で三宅艶子、永井路子、杉本苑子、田辺聖子らが執筆を担当していた）の問題とあわせて考察する。

第5章「「情死」はいかに語られたか――「ドキュメント情死・選ばれた女」をめぐって」では、同じく「ヤングレディ」に連載された「ドキュメント情死・選ばれた女」（一九七一年一月四日号―三月十五日号）を取り上げ、「選ばれた女」という記号が、女性週刊誌の誌面でどのように機能しているのかを読み解く。当時の女性週刊誌の主たる読者であった未婚の女性会社員、いわゆる〈BG〉や〈OL〉たちにとって、「情死」の連載は、女性週刊誌の言葉と響き合いながらどのような意味を持っていたのだろうか。

第6章「女性週刊誌で「ヒロイン」を語るということ——石垣綾子「近代史の名ヒロイン」を考える」では、四大女性週刊誌の後発にあたる「微笑」（祥伝社）に掲載された石垣綾子「近代史の名ヒロイン」（一九七五年一月二十四日号—十二月二十七日号）を取り上げ、事実と誇張と写真（あるいは挿絵）が作り上げる「ヒロイン」の姿を追い、「近代史」というリード文に導かれて、「ヒロイン」が編まれていくさまを検討する。

女性週刊誌は、石田あゆう『ミッチー・ブーム』[8]などに示されるとおり、皇太子・美智子妃の「ご成婚」から現在に至るまで、皇室記事を中心に社会学の分野で研究されることが圧倒的に多く、文学の問題に言及した研究はほとんどないのが現状である。しかし、ここまで述べてきたとおり、女性週刊誌というメディアが、文学と関わった女たちのイメージ、さらには、広義の意味での文学の形成に大きな役割を果したことは間違いない。女性週刊誌の誕生と発展は、いわゆる高度経済成長期と重なり合っている。高度経済成長によって増加した、働く若い女性たちが、通勤時間を利用して購入・購読した女性週刊誌のなかで、文学と関わった女たちはどのように語られ消費されたのだろうか。

誌面に映し出されるヒロインの残像に目を凝らし、そこに顕現する強い物語性を読み解くことが本書の目的である。

注

(1) こうした週刊誌をはじめとするメディアが作り出す物語については、一柳廣孝／久米依子／内藤千珠子／吉田司雄編『文化のなかのテクスト――カルチュラル・リーディングへの招待』(双文社出版、二〇〇五年)、ならびに内藤千珠子『帝国と暗殺――ジェンダーからみる近代日本のメディア編成』(新曜社、二〇〇五年)に詳しい。

(2) 滝口明祥「「太宰治」の読者たち――戦後における受容の変遷を中心に」、斎藤理生／松本和也編『新世紀太宰治』所収、双文社出版、二〇〇九年、五七ページ

(3) 小平麻衣子『女が女を演じる――文学・欲望・消費』新曜社、二〇〇八年、二七五―二七六ページ

(4) 同書二七六ページ

(5) 「ドキュメント愛人　歴史の中の女　愛の殉教者たち」に取り上げられた「女」は五人。以下、掲載順に見出しとともに示すと、「独身のまま二児の母親になった　平塚らいてう」「抱月のあとを追って命を断った　松井須磨子」「愛人・太宰治と心中した　山崎富栄」「山野王国の後継者資格を捨てた愛　マダム路子」「愛人の子を殺害した一途の愛　八文字美佐子」の五人である。後半の二人は一九七〇年代、あるいは七八年当時話題となった人物だが、女性週刊誌にたびたび登場する平塚らいてう、松井須磨子、山崎富栄がここでも取り上げられている。

(6) 「血」と女性の関係については、前掲『帝国と暗殺』と前掲『女が女を演じる』を参照。

(7) 太田治子『手記』新潮社、一九六七年

(8) 石田あゆう『ミッチー・ブーム』(文春新書)、文藝春秋、二〇〇六年

第1部　スキャンダルを描く——〈太宰治〉の周縁

第1章 「斜陽」のざわめく周縁
――〈太田静子〉のイメージ化

一九八二年十一月二十五日、一人の女性の死亡記事が新聞に掲載された。

太宰治「斜陽」のモデル／太田静子さん死去

太宰治の「斜陽」のモデルで、作家太田治子さんの母親太田静子（おおた・しずこ）さんが、二十四日午前零時四十五分（略）死去、六十九歳だった。（略）

静子さんは大正二年滋賀県生まれ、実践女学校家政科中退。昭和二十二年、太宰は交際していた静子さんの日記を材料に、没落貴族を描いた「斜陽」を発表、「斜陽族」という流行語ができるほど反響を呼んだ。翌年、太宰は自殺。「私生児と、その母。けれども私たちは、古い道徳とどこまでも争い、太陽のように生きるつもりです」という「斜陽」の文そのままに、当時生後七カ月の太宰の遺児、治子さんをかかえ、寮母などしながら育て上げた。太宰の思い出をかいた『斜陽日記』『あはれわが歌』などの著書がある。

（「朝日新聞」一九八二年十一月二十五日付）

彼女の死亡記事は、他紙でも同様の見出しで掲載され、[1] 右に挙げた記事と同じく「太宰の思い出をかいた「斜陽日記」などの著書がある」（「読売新聞」一九八二年十一月二十五日付）という一文で締めくくられている。「「斜陽」のモデル」「太宰の思い出をかいた「斜陽日記」」——太田静子をめぐるこれらの言葉は、太田静子という一人の女性の書く行為を考えたとき、何を意味するのだろうか。

1　太宰治「斜陽」と太田静子『斜陽日記』

改めて言うまでもなく、「斜陽」（「新潮」一九四七年七月号—十月号、新潮社）は、太宰治の代表作の一つである。代表作といっても、「斜陽」は、文学研究という枠組みのなかでだけ消費される小説ではなく、広く一般読者にも開放され、活字文化が衰退したと言われて久しい現在でもなお読み継がれている、特権化されていない小説だと言えるだろう。例えばそれは、二十代から三十代の女性を読者とする情報誌「CREA」一九九八年五月号（文藝春秋）の「大人の女になるための読書ファイル　二十代に読みたい名作」という連載書評で、林真理子が「「斜陽」は驚くほどの現代性を持つ小説である。ひと言でいえば女がシングルマザーになる物語だ」「この小説を読むと、現代のシングルマザーの生き方など甘っちょろいと思えてくるほどだ」と評してみたり、三十代のキャリア女性を対象とするファッション誌「Grazia」一九九九年二月号（講談社）でも「名作の中には私がいる」という特集のもと、いまだに取り上げられている現象を見れば明らかである。「名作」という冠付きではあるものの、「今年はアジアン・リゾートが超快適！」「コスメブランド探偵団／パルファン・クリスチャン・ディオール」（前掲「CREA」一九九八年五月号）といった記事が並ぶ雑誌に「斜陽」も紹介されているのである。さらに、「斜陽」の素材となった太田静子の日記、『斜陽日記』[2]が、「斜陽の子」と呼ばれた太田治子のエッセー「母の糸巻」を添えて近年再び刊行されたこと、しかも研究者のためというよりも「斜陽」の読者のためと言うかのように、手に入りやすく廉価な文庫[3]で刊行されたことも、この小説がどのように消費されているのか、そのありさまを示していると言えるだろう。

このように、発表後六十年以上の時を経てもなお、「斜陽」が〈現役〉の小説として売れ続ける[4]理由には、もちろん「斜陽」のテクストそのものの力が大きく影響しているからにちがいない。しかし、その一方で、この小説が流通し消費されていくその過程で語り継がれていく〈モノ〉、すなわち「斜陽」にまとわりつく情報もその一因となっているのではないだろうか。ときにはテクストそのものを大きく揺さぶる力さえ持つ情報を、もう一度考えてみる必要があるように思う。こうした作業は、いわゆる〈太宰神話〉なるものの掘り起こしにほかならないのだが、〈太宰神話〉の流通過程で生じた力学を追うことで見えてくることもあるはずだ。

こうした「斜陽」の開かれた土壌を作り上げた一人と言える太田静子の死は、本章の冒頭で示したように新聞各紙で報じられるほどであった。しかし、ひとたび太田静子を研究の場に引き戻した場合、静子と彼女の『斜陽日記』はどのように論じられてきたのだろうか。以下に、『斜陽日記』に関するこれまでの研究をまとめてみたい。

『斜陽日記』は、太宰治の「斜陽」を横に置いて丹念に比べられながら、「『斜陽』は、今後、太宰治と太田静子の共同製作品として承認されねばならぬ(5)」、「「斜陽日記」と「斜陽」とは、トピックとしての物語内容を共有する部分があるとしても、根本的に、百パーセント異なるテクスト(6)」というように、「斜陽」との差異を検証する対象だったり、また「日記を一読した太宰が、小説的な告白の抒情に惹かれて「斜陽」の構想を変更した(7)」と相馬正一が述べるように、「「斜陽」の構想を変更」せしめた「斜陽」の下敷きという捉えられ方が多い。

すなわち、『斜陽日記』が太田静子のオリジナルな創作であるのか、もしくは「斜陽」と内容が酷似しているがゆえに、「斜陽」から『斜陽日記』が作られたのではないかという論議(8)も含めて、「斜陽」創作の前提として太田静子と彼女の日記は「斜陽」研究のなかに配置されてきたのである。

本章では、そうした「斜陽」創作の前提としての太田静子と『斜陽日記』ではなく、むしろ一九四七年十二月の『斜陽』(新潮社)刊行後、それも、太宰の死後の「斜陽」の周縁に光を当ててみたい。太宰のスキャンダラスな死を頂点とする〈太宰神話〉のなかで、「斜陽」の「かず子」のモデルとして文芸誌、女性誌、女性週刊誌、そして静子自身の手による単行本のほか、テレビ出演まで数々のメディアで紹介され、登場し続けた太田静子とメディアとの関わりを追うことで、生身の太田静子ではない〈太田静子〉という情報が、「斜陽」にどのような作用を引き起こしたのかを検証する。「斜陽」の「かず子」、「「斜陽」のモデル」という役割を与えられた彼女が、〈太田静子〉として多岐にわたるメディアを通じてどのような情報を発信し、何をもたらしたのかを考えたいと思う。

2 〈「斜陽」のモデル〉という言説

そこで考えたいのが、〈作家の肖像〉という問題である。中山昭彦は〈作家の肖像〉について、「個と全体にわたる――作家の生活や人物に関するイメージを、ここでは〝作家の肖像〟と呼ぶことにしたい(9)」と言い、作家に関する情報が「いかに信憑性の薄い」ものであっても、「読者はそれを喜んで享受し、作家はその装われた情報に取り巻かれることになるだろう」と指摘している。著名な作家に関するゴシップめいた情報を発信するメディアと、それを消費する読者、そうしたメディアと読者相互の欲望のなかで〈作家の肖像〉なるものは作り上げられていくのである。つまり、メディアを通じて作家のイメージは作られ、そして流通していくわけだが、太宰治という〈作家の肖像〉の生成時には、〈太田静子〉が大きな役割を果たし、いわば〈その後の「斜陽」〉の物語を作り上げていったのではないだろうか。まずは、太田静子を語る際に常につきまとう「「斜陽」のモデル」という言説を確認してみたい。

周知のとおり、「斜陽」の連載中、そして『斜陽』の初版刊行の際には「「斜陽」のモデル」太田静子の存在は知られていなかった。「この「斜陽」の作中人物でも、ずつと読んでいて気がつくことは、お母さんと娘さんが、ちよつとモデルを想像しようと思つても考えられないほど、透明にでき上がつたものだ。直治と上原二郎という小説家が出てくるが、ここに一つの謎があると思う。人物の構成からいつて、ここにはひどくなまなましいものが出てくる」[10]というように「直治と上原二郎」二人の登場人物に「なまなましいもの」を感じ、おそらくは「直治と上原二郎」に太宰を透かし見ているものの、「斜陽」の「娘さん」かず子の「モデル」は「考えられない」と言われていた。しかし、この評から四カ月後の六月、つまり太宰の死によって状況は一変する。太宰の死後の「斜陽」評には、太田静子の名が明示されるようになるのである。

太田静子——友人あての遺書に〝太田という女あり〟とある人で、名作『斜陽』の主人公かず子。（略）

『斜陽』では没落貴族だが、本当は平民の娘で七、八年前文学愛好者の集りで太宰氏と知り合い、その後、年二、三度会つていた。[11]

「斜陽」のヒロイン「かず子」は現在神奈川県の小村曾我の丘に「斜陽」の伊豆山荘そのまゝの家に住んでゐる太田静子である。「斜陽」は彼女の日記を素材として組立てられたものである。（略）

斜陽のかず子は貴族の娘だが、静子は平民の子である。

太宰と死を共にした山崎富栄がその日記に名前をあげずにいつも「斜陽の女」と書いてゐるのも勿論此の人である。(12)

右のとおり、先に中島が「考えられない」と言った「モデル」の名が、その素性や太宰と知り合った経緯、「日記」の存在を明らかにしながら詳しく記されることになるのである。右に挙げた有村士郎の評では、『斜陽』／「本当」という区別がなされていて、同じく岸金剛の評でも「「斜陽」の主人公かず子」／「静子」というように、「かず子」と太田静子が別人であると明確に示されている。そうでありながら、どちらの評も結局は「太田静子――（略）名作「斜陽」の主人公かず子」「「斜陽」のヒロイン「かず子」は（略）太田静子である」というように虚構と現実を一つに回収し、「かず子」――静子を作り出している。そこに、「山崎富栄がその日記に名前をあげずに」「斜陽の女」と書いていたという事実を合わせながら「斜陽の女」――「「斜陽」のモデル」太田静子を誕生させ、造形させていくのである。

3　広告としての『斜陽日記』

ところで、「斜陽」は連載中から評判の小説で、一九四七年十二月に新潮社から初版が刊行された際にも売れ行きは好調だったが、『斜陽』をベストセラーへと押し上げたのは、何といっても太宰自身の死だろう。「情死」と報じられた太宰の死の一カ月後の四八年七月刊行の新装版は九万部で、この成果によって『斜陽』は戦後初のベストセラーとなったのである。[13]こうした背景をもとに「斜陽」と『斜陽日記』の関係について考えてみたい。『斜陽日記』は四八年の出版当時、どのような役割を担っていたのだろうか。

流行作家の情死というスキャンダルによって明らかにされた「斜陽」の「かず子」のモデル太田静子を求めて、静子が住む下曾我へとやってくる者たちについて、当時、同じ下曾我に住んでいた尾崎一雄は、「先づ、ジャーナリストたちが早速やつて来た。（略）「太田静子さんはどちらにいらつしやいませうか？」などと云つてくる。さういう人は、子供に送り届けさした。（略）中には、太宰君と太田さんとのことを、根掘り葉掘り訊く人がある。私はよく知らないから、多く話すこともなかつた」[14]とその様子を語るが、こうした「ジャーナリストたち」のなかに『斜陽日記』の出版社である石狩書房もいたのだろう。太田静子に取材した相馬正一は、『斜陽日記』出版の経緯を次のように述べている。

石狩書房の編集者と称する人から再三にわたって日記を出版させてほしいという申し入れがあったという。（略）

当初、四冊のノートをそのまま手渡すつもりでいたが、書きなぐりの箇所が随所にあるので原稿用紙に浄書することにした。とはいうものの、自分の手で書き写す気力も体力もなかったので、顔見識りの村の青年団の人に浄書を依頼し、三人の青年が手分けして原稿用紙に書き写してくれたのを、そのまま石狩書房の人へ渡したという。[15]

まだ「ノート」でしかない静子の日記は、静子の娘・太田治子が「「斜陽日記」はもともと、「相模曾我日記」として母が書き綴っていたものである。当然その新しいタイトルは、発売元の石狩書房が付けたのだろう。（略）太宰の死後、石狩書房から大急ぎで出版が決った[16]」と言い、相馬正一が「表題の「斜陽日記」は出版社側で考えたもの[17]」と説明するように、石狩書房によって『斜陽日記』と名付けられた。原本「相模曾我日記」から『斜陽日記』への改名は、「斜陽」と日記の間をより強固に接続し、「斜陽」の広告としての機能を担うのに十分な価値を持っていただろう。そして、『斜陽日記』という書名からは、出版社石狩書房のもう一つの戦略も読み取れる。それは山崎富栄の日記『愛は死と共に』を前におけば一層鮮明に浮かび上がる。石狩書房は『斜陽日記』出版の一カ月前の九月に、静子を「斜陽の女」「「斜陽」の御婦人」と記す富栄の日記『愛は死と共に』を出版（一九四八年）しているのである。太宰の死から三カ月後、「情死」相手山崎富栄の『愛は死と共に』を出版し、その一カ月後、この書のなかで「斜陽の女」「「斜陽」の御婦人」と呼ばれた太田静子の『斜陽日記』を出版する。わずか一カ月の差で同じ出版社からたたみ

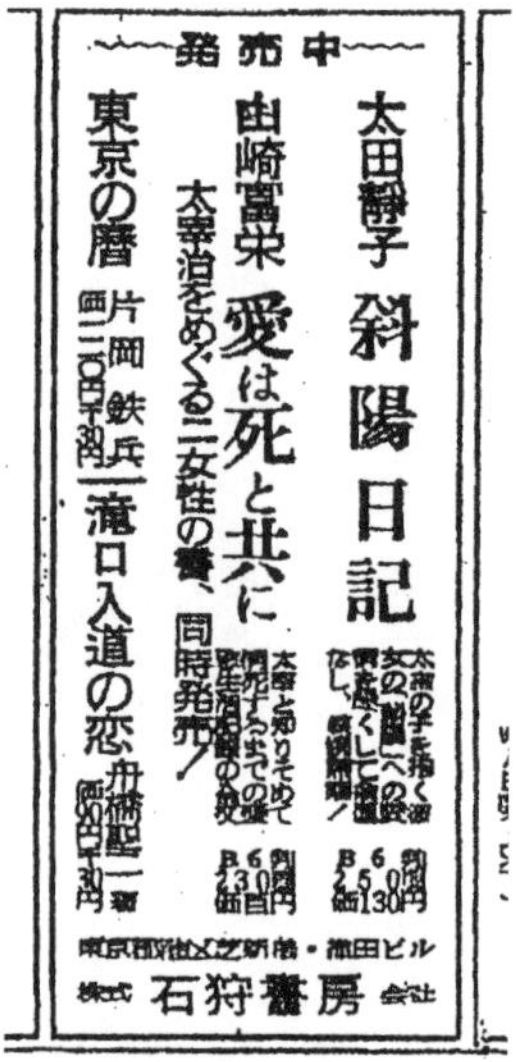

図3　太田静子『斜陽日記』と山崎富栄『愛は死と共に』が並べられた広告。なお、この広告には「太宰治をめぐる二女性の書、同時発売!」とあるが、2冊の奥付を見るかぎり、1カ月違いで発行されている。
（出典：「読売新聞」1948年10月17日付）

かけるように出版された二冊の日記（図3）は、並べられて宣伝されながら、富栄と静子という二人の女と流行作家の関係を広く大衆へ知らしめ、流行作家の「情死」というスキャンダルを助長させる装置として機能していたと言えるだろう。

さらに言えば、『斜陽日記』には、「太宰の斜陽か？／太田の斜陽か？／太田静子の処女作／太宰晩年の傑作〝斜陽〟とは太田静子の〝涙の谷〟の結晶であり、また彼女の未完の処女作であった」という帯が付けられていた。「〝涙の谷〟」――太宰の「桜桃」[18]の有名な一節を帯に載せるということも、太宰と静子を強く結び付ける装置となっている。

「生まれてきたあなたの誇りの為にも日記の発表を決めた」（前掲「母の糸巻」一九六ページ）という静子が日記にかけた思いとは別の次元のところで、『斜陽日記』と名付けられた日記の公開は大きな意味を持っていた。そして、この『斜陽日記』の出版こそが彼女の〈創作〉活動の始まりとなったのである。

4　〈書く女〉の商品価値

太田静子の〈創作〉とヤマ括弧を付けたのはほかでもない。『斜陽日記』刊行の一カ月後、『小説太宰治』[19]が太田静子「著」として出版されたからである。既に偽書として知られているが、この書を取り巻く一連の状況を追うことで見えてくるものもある。

図4　太田静子『小説太宰治』ハマ書房、1948年

『小説太宰治』は、表紙を開くと初めに治子を抱きかかえる静子の写真（図４）が掲げられ、そこにもちろんこの書のための言葉ではないはずの「惜別　治」という筆書きを添えることで、この言辞が写真と呼応し、太田母子のために用意されたものという錯覚を与えるように配置されている。奥付を見てみれば、「著者・太田静子」と確かに記されていて、さらにだめ押しするかのように、原稿用紙風にデザインされた扉には「小説太宰治　太田静子」と活字ではなくあたかも静子の自筆のように筆書きされているのである（図５）。

太宰の死後、「斜陽」は太田静子の日記をもとにしたものという言説が流布していて、その日記『斜陽日記』も出版されたいま、彼女が〈書く女〉であることは知られていた。先の扉は、それをさらに強く印象付けるかのようにデザインされている。この本を手にした読者は、「あとがき」の最後の二行、「本書は太田さんの回想を、些か小説風に書き綴つたもので、氏の閲を受けたものである」に至ってようやく、これが静子の「回想」を別の人物が「些か小説風に書き綴つたもの」であることを知るのである。

この「あとがき」には静子の「閲を受けた」とあるが、『小説太宰治』の内容は静子が初めて発

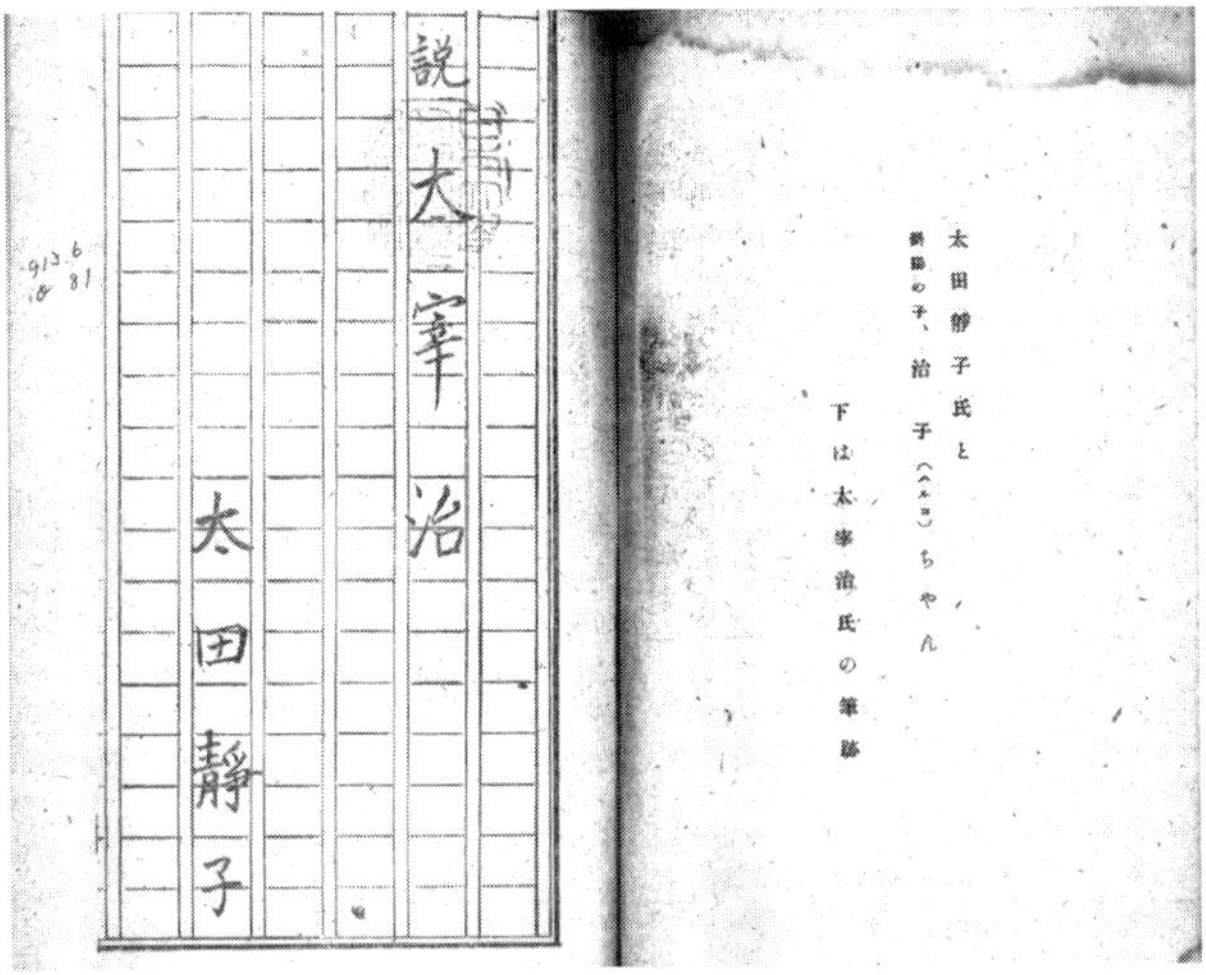

図5　『小説太宰治』右側のページは、図4の写真の説明として付けられたもの（日本大学文理学部図書館蔵）

表した手記「「斜陽」の子を抱きて」（「婦人公論」一九四八年八月号、中央公論社）に極めて酷似したものだった。長くなるが、次に「「斜陽」の子を抱きて」と『小説太宰治』を挙げてみたい。

――二月の二十日頃に、そちらへお伺いいたします。そちらで二、三日あそんで、それから伊豆長岡温泉へ行き、二、三週間滞在して、あなたの日記からヒントを得た長篇を書きはじめるつもりでおります。

最も美《かな》しい記念の小説を書くつもりです。

修治

「あの方がいらしたら、今度こそ、しず子は……」と考えていたんです。額の中の「アムールとプシケ」「プシケを救う愛の神」の二枚の写真を眼をすえて眺めました。アントニオ・カノヴァの美しい彫刻です。

妻子ある方に身を任せるのは恐ろしいこ

とです。けれども、もう、どうすることも出来なくなつているのです。八年もかかつて、やつとそこまで来たのですもの。

(前掲「『斜陽』の子を抱きて」二〇―二一ページ)

――前略――

二月の二十日頃に、そちらへお伺ひ致します。

そちらで二、三日あそんで、それから伊豆長岡温泉へ行き、二、三週間滞在して、あなたの日記からヒントを得た長篇を、書きはじめるつもりでおります。

最も美しい記念の小説を書くつもりです。

津島修治

胸ときめかせて、私はそれを何度もよみ返しました。

ああ。

今度こそ。

私はそうも考へました。

眠れない夜が、あの方のお見えになる日までつづきました。額の中の「アムールとプシケ」「プシケを救ふ愛の神」の二枚の写真が、私をそつと慰めてくれました。アントニオ・カノヴアの美しい彫刻です。

妻子ある方に身を任すといふことは、まことにそれは恐ろしいことです。けれどももうどうすることもできなくなりました。

八年間。

（前掲『小説太宰治』一七―一九ページ）

一読してわかるように、右の二つの文章は、改行などの違いはあるものの、ほとんど同じ文言を使用している。このときまだ「『斜陽』の子を抱きて」と『斜陽日記』しか世に出していない太田静子の名で『小説太宰治』が出版されるということ、それはまさに、〈太田静子〉の商品価値やネームバリューを示す証拠だろう。

この『小説太宰治』についての静子とのやりとりを、下曾我に住み、静子から様々に相談を受けていた尾崎一雄は次のように伝えている。

そのうち、「小説太宰治」と云ふ本が出た。

「こんな偽書が出ました。これは私が書いたものではないのです」と云つて来た。

「どうして私の所へ、出版社の人を連れて来なかつたのですか」

「それが、すうッと帰つてしまふのです。尾崎先生のところへ一緒に行つて下さい、といふと、今日は急ぐからこの次、といふのです。私には、それを引き止めることが出来ません。」

「それで、印税は？」

「せんだつて、三千円置いていきました。」

「何故受け取ったのですか?」

「頂くわけはありません、と、云つたのですが、無理に置いて帰つて了つたのです。女一人ですからどうすることも出来ません」

「返しておしまひなさい。――ええと、その社の人に、私の所へ来て貰ひませう。私からよく云つてやります」

やがて、出版社の社長と、編集長という人が私のところへやつて来た。私は先づ三千円の金を返してから、あの本を至急回収して裁断すること、新聞に謝罪広告を出すこと、この二つを約束させた。


（前掲「梅の咲く村にて」二一九ページ）

このような尾崎一雄の仲介によって、『小説太宰治』の騒動は一応収まるのだが、この一件をメディアはどのように伝えたのだろうか。

「人の噂も…七十五日物語り＝話題の主五人のその後＝／〝かず子的性格〟斜陽のヒロイン太田静子さん」(「週刊朝日」一九四九年一月三十日号、朝日新聞社）と題された記事は、静子を「あの事件このかた半年余り、太田さんにとつて浮世の風は冷たかつた。（略）「かず子的」とか「斜陽族」とかいわれるほど世間知らずだつた太田さんは、いま社会のみにくさをつくづくと味わつている」と紹介し、「まず冷たい風の第一陣は「斜陽日記」の出版社石狩書房のことだつた。石狩書房が太田さんに払つた印税は二万部限りでわずか十万円。書きおろしなら一割五分が相場なのに、これではたつた四分にしか当らない。「出版のことなど何も分りませんので」といたつて無欲な太田さんの他人まかせがこの結果を招いてしまつた。第二の風はハマ書房の偽出版だつた。去年の秋、同書房の北山という男が太田さんを数回訪問、拒絶したにもかゝわらず「小説太宰治」というのを太田さん名義で勝手に出版し、五千部刷つて三千部売れたという。この方は同書店主本多氏の陳謝で一応ケリとなつたが、太田さんにとつてはいゝ社会勉強になつたろう」と伝えている。記事には『斜陽日記』刊行時に静子が受け取った印税額の少なさや、『小説太宰治』の売り上げ部数などが記されていて興味深いのだが、ここで注目したいのは、この記事が静子へ向けたまなざしである。『斜陽日記』の出版にしろ、『小説太宰治』の「偽出版」にしろ、少なくともこうした騒動の半分は出版社である石狩書房やハマ出版に過失・責任があるはずだ。けれども記事は、「世間知らず」で「いたつて無欲」な静子の様子を伝え、「浮世の風」を受けて「いゝ社会勉強になつたろう」と彼女へ揶揄と批判を込めたまなざしを向けていく。そして記事の終わりに、静子が尾崎一雄の指導のもとで小説家を目指していることを書き、「文学少女臭をぬくまでにはまだく多難な前途であろう」とまとめている。改めて確認するまでもないが、この記事が発表された当時、静子は既に三十六歳である。それにもかかわらず、記事からは、小説を愛することはできても小説家にはなれない「文学少女」として彼女を了解し、イメージが作られていく様子がうかがえる。

5 「文学少女」とテクスチュアル・ハラスメント

先に、太田静子は多様なメディアに出現し、『斜陽日記』以外にもインタビューや手記、小説などを残したと述べた。こうした静子の業績を改めて確認してみると、例えば、前述した静子の初めての手記「『斜陽』の子を抱きて」は、一九七〇年十二月の「婦人公論」の特集「代表的な手記にみる戦後女性の二十五年」の手記十編のうちの一つに選ばれ、静子の死後も「再録」(「再録・『斜陽』の子を抱きて」「婦人公論」一九八三年二月号、中央公論社)されるなど、静子の手記のなかでは有名なものだが、そのほかにも静子は「『斜陽』の子を抱きて」の続篇ともいえる「『斜陽』の子を育てて――作家太宰治氏の遺児とその母の歩んだ道」(「婦人公論」一九五五年六月号、中央公論社)や、「私がそのモデルだった(二)太宰治作〝斜陽〟の〝かず子〟といわれて」(「婦人朝日」一九五八年八月号、朝日新聞社)などを女性誌に発表している。

一方、文芸誌には尾崎一雄の紹介文を付けた「園子のマリ」(「小説新潮」一九四九年五月号、新潮社)、太宰の墓前で自殺を図った田中英光について記した「弟子」(「文芸読物」一九五〇年三月号、日比谷出版社)、のちに『あはれわが歌』(ジープ社、一九五〇年)に収録される「「斜陽」前後」(「小説公園」一九五〇年七月号、六興出版社)を発表していて、単行本は『斜陽日記』のほかに『あはれわが歌』がある。

尾崎一雄の紹介文「太田静子さんの小説について」[20]を付けて「園子のマリ」を「小説新潮」に発表し、文壇デビューを果たした静子は、その後、右に示したように「弟子」「「斜陽」前後」を相次いで発表するのだが、見逃せないのはこの二作が掲載された雑誌の目次である。「園子のマリ」のあと、静子は独り立ちした形で「弟子」と「「斜陽」前後」を発表し、「弟子」の掲載誌「文芸読物」では室生犀星や久保田万太郎、武者小路実篤と同じ大きさで「太田静子」の名も目次に連ねられている。同様に、「「斜陽」前後」の掲載誌「小説公園」においても、その目次では石川達三や武者小路実篤、深田久弥、今日出海、真杉静枝らの名前と同じ大きさで紹介されているのである。つまり、こうした目次を見るかぎり、尾崎一雄の後押しがあったにせよ、太田静子はプロの作家としてメディアに参加していたと言えるだろう。しかし、静子の書く行為への批評言説に目を向けてみれば、プロの作家として登場しながらも、先の「週刊朝日」の記事(「〝かず子的性格〟斜陽のヒロイン太田静子さん」)で静子に向けられた揶揄と批判を含んだまなざしが、彼女の手記や小説を取り囲んでいることがわかる。

「私は、好評でないまでも、悪評でないことを祈つた」(前掲「梅の咲く村にて」二一七ページ)と、「園子のマリ」の紹介文を書いた尾崎一雄は、その発表当時を回想するが、結果的に「園子のマリ」は、「丹羽文雄によつて、こつぴどく叩かれ」(前掲「梅の咲く村にて」二一七ページ)てしまう。丹羽文雄は「太田静子の「園子のマリ」をよみはじめたが二頁で投げ出した。味覚に合はない食べものだ。尾崎一雄が親切な註をしてゐるので、つとめて、三十になつても少女の如き心情を保つてゐるところを発見しようと努力したが、その努力に参つてしまつた。この人の好さは素材的なところにあるので、太宰治のようなよい博労がゐて、たとへば「斜陽」の中の手紙はこの女性の手紙をそのまま使つてゐる如く、それで初めて光り出すのではないかといふ気がした」（丹羽文雄／芹沢光治良／今日出海「作品月評」「文学界」一九四九年六月号、文藝春秋新社、六五ページ）と酷評する。また、丹羽に限らず、当時、静子の書く行為をめぐるこのような酷評がいくらもあったという事実を、檀一雄が『あはれわが歌』に寄せた次の「序」は物語っていると言えるだろう。

今日のやうに、誰もが己の喪失に喘ぎ続け、美の来源を見迷つてゐる時に、もし巧まず、一人の女性が、その愛の生成と顚落の行衛を書き続けることが出来たなら、現代の生粋の文芸となり得ないと誰が云はう。

私は一二度諸雑誌に分載された太田静子の小説を読んだ。私は情交の露出までやる馬鹿——といつた評者の言葉には肯かなかつた。そんなことはどうでもよろしい。可憐な御愛嬌ではないか。たどたどしい愛の果の一瞬のはかない肉のよろこびが、明確に描き得るとしたなら、これはめでたい文章と云はねばならぬ。(21)

檀は「現代の生粋の文芸」となりうる可能性を持つとして評価しながらも、「評者」のなかには静子の小説に対して「情交の露出までやる馬鹿」と言う者があることを「序」で明かしているのである。「一二度諸雑誌に分載された太田静子の小説」について、檀はその小説の題名を明確に記しはしないが、おそらくそれは、のちに『あはれわが歌』に収録された「「斜陽」前後」を指すのだろう。

この『あはれわが歌』の評価に対する静子自身の応答は後述するが、そのほかにも「斜陽」評のなかで、亀井勝一郎は「文学少女の手記といふ形になつてゐるが、その文学少女的手記に対する抵抗力といふものが案外ない」（河上徹太郎／亀井勝一郎「戦後のベスト・セラー」「文学界」一九四九年十一月号、文藝春秋新社、一一〇ページ）と述べている。既にこのとき、静子が太宰へと提供した日記――『斜陽日記』の存在を知る亀井は、「斜陽」を評する参照枠として「文学少女の手記」「文学少女的手記」を用い、結果的に静子を「文学少女」へと囲い込んでいくのである。こうした静子へ向けられたまなざしは、女性の〈書く行為〉に対する典型的なテクスチュアル・ハラスメント(22)と言えるだろう。『あはれわが歌』の広告文（図6）にも見られる「文学少女」という言葉は、どんなに彼女が書こうとも、「少女」という領域を出ることはなく、決して作家にはなれないということを宣告している。

こうした静子の書く行為に対する批評言説に、静子自身はどう返答したのだろうか。先の『あはれわが歌』への酷評に対して、静子は次のように答えている。

…八年まえ、お父さま〔太宰治を指す：引用者注〕がお亡くなりになったとき、赤ん坊の治子を抱いて、小説を書いて生きてゆこう、私は、そう思ったのでした。それがどんなに無謀だったかということが、いまは、よく、わかります。けれども、世間知らずの、ただ、甘い、文学少女だった私にはわからなかったのです。いいえ、頭の中だけではわかっていたのですけれど

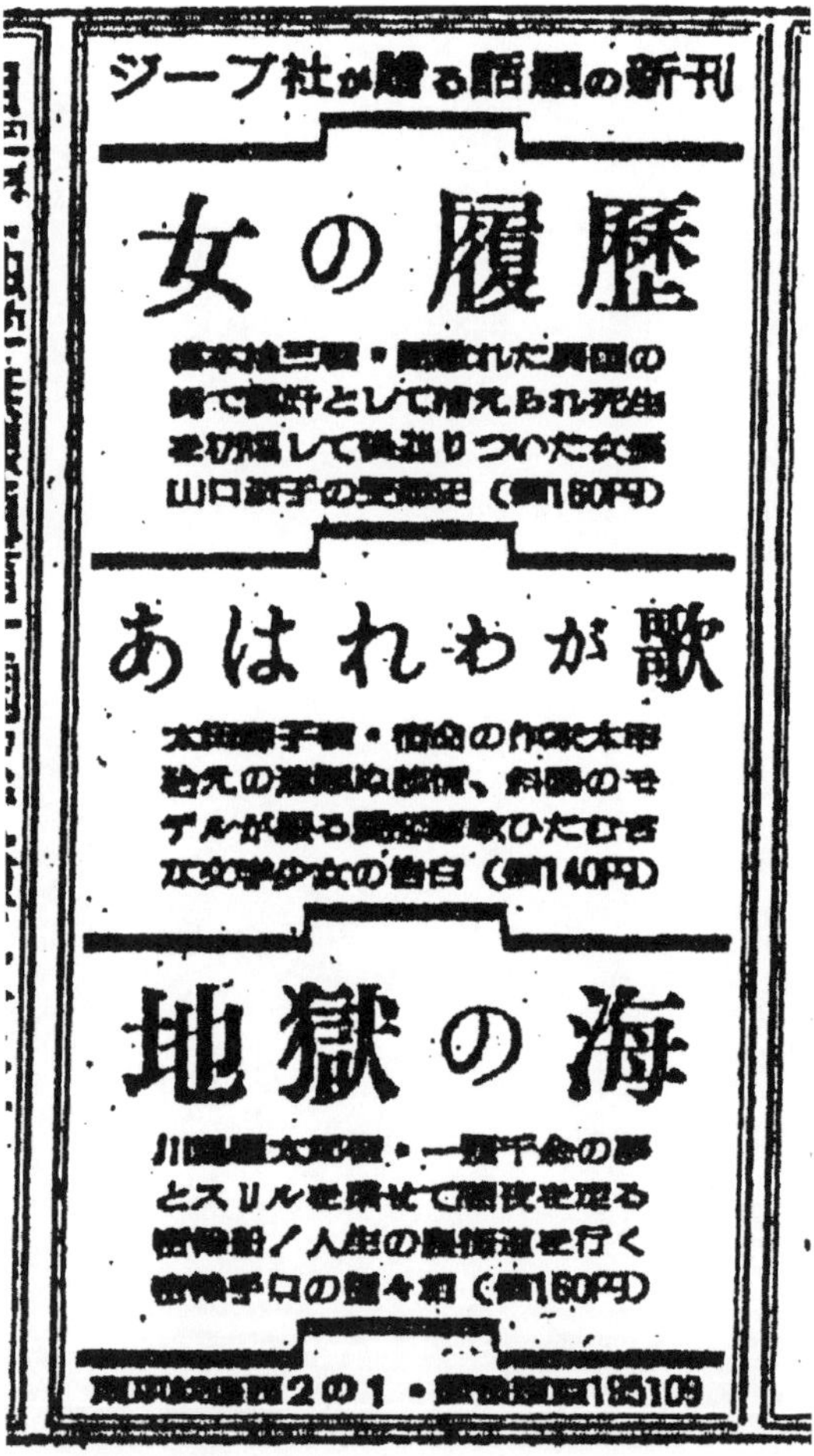

図6　広告　太田静子『あはれわが歌』。静子の著書は、「ひたむきな文学少女の告白」と宣伝されている。
（出典：「読売新聞」1950年11月9日付）

…。

とにかく、小説を書いてゆこうと決心して、間もなく、お父さまの想い出の小説を書きはじめたのですけれど、お父さまの小説など書けるわけはなく、すぐに、書けなくなってしまいました。けれども、印税ほしさに、鉛のように重いペンで、どうにか二百枚余りのその小説を書

ヴァの美しい彫刻です。

妻子ある方に身を任すことは恐ろしいことです。けれども、もう、どうすることも出來なくなつているのです。八年もかかつて、やつとそこまで來たのですもの。何も彼も、あの方に捧げて、そして、失つたら、それで氣が濟む。そしたら、伯母さま方のすすめられる見も知らぬ方のところへ嫁ぐことだつて出來るんだ。このままで、修治さんに別れることはとても出來ない。でも、

駄目々々。前途を考えない戀、そんなことしてはいけない。亡くなつたお父さまやお母さまが見ていらつしやる。

あらざらんこの世の外の思ひ出に
今ひと度の逢ふこともがな

もう一度お逢いして、そして別れよう。日記だけお渡しして別れよう……。優しい優しいあの方のお顔をかき消して、再婚しよう。そしてしずかにおつてやろうとおつしやる方のところへ嫁つて、もう二度とあの方のことは考えないで死んじやう。そこまで幾度考えたかわかりません。八年前、はじめての結婚にやぶれた私が、ある文學上の會合であの方にお目にかかり、それから時々お會いして、御一緒にお茶をのんだり、映畫をみたり、文學についてのいろいろな御相談にのつていただいたりして……、そのあいだにはいろいろなことがあつたのです。

戰爭、私の前の結婚、夫の戰死、疎開、お母さまの死、そして、私はいま静かな伊豆の山の別荘に弟と二人で住んでいる。

はじめは戀ではなかつた。修治さんは「新ハムレツト」を書き上げ、私はあの作品が好きでした。王妃の言葉に心をひかれ、そのことをお話したりした。でも、いつか戀のひめごとが私の心に育てられていたのです。お母さまが亡くなつて、急に心の張りが抜けた時に、私のひめごとはせきを切つてあふれるばかりに湧きはじめてきました。

こんなユメを見ました。

場所は何處かの應接間で、修治さんと向ひ合つて何かしら親しくお話していました。何時の間にか二人は長いイスに並んで

寫眞上・靜子と治子ちやん
右・太宰治氏

― 21 ―

図7　「『斜陽』の子を抱きて」
（出典：「婦人公論」1948年8月号、中央公論社）

きあげました。そして、どうにか本にすることもできましたが、その中の、ほんの一部分――のために、私は、永遠に、消し去ることのできない汚点を、残してしまいました。何も彼も書いてしまったら、…そういう気持で書いたのですけれど、その、愚かな一節のことは、死に勝るかなしみとして心底に残っています。『あわれ《（ママ）》わが歌』という、その本はいまは、私の手許にも一冊もありません。忘れてしまいたい、と思っています。

（前掲「『斜陽』の子を育てて」一五六ページ）

『斜陽』の子を育てて
――作家太宰治氏の遺児とその母の歩んだ道――

太宰治氏の傑作『斜陽』のモデルといわれる著者が太宰氏の遺児と共に歩んできた道

太《おお》田《た》静《しず》子《こ》

太田静子さんと治子さん

池水は濁りににごり藤波の影もうつらず雨降りしきる

という左千夫の歌を、短冊とかにお書きになって、治子のお父様がお亡くなりになってから、今年はもう八年になります。

あの時のことが、何か遠い遠いむかしのような気がします。八年の間には、余りにいろいろのことがあって、私も治子も重い病気で死にそうになりましたが、不思議に救かって、今日まで、生きてまいりました。

……八年まえ、お父さまがお亡くなりになったとき、赤ん坊の治子を抱いて、小説を書いて生きてゆこう、私は、そう思ったのでした。それがどんなに無謀だったかということが、いまは、よく、わかります。けれども、世間知らずの、ただ、甘い、文学少女だった私にはわからなかったのです。いいえ、頭の中だけではわかっていたのですけれど……。

とにかく、小説を書いてゆこうと決心して、間もなく、お父さまの想い出の小説を、書きはじめたのですけれど、お父さまの小説など書けるわけはなく、すぐに、書けなくなってしまいました。けれども、印税ほしさに、鉛のように重いペンで、どうにか、二百枚余りのその小説を書きあげました。そしてどうにか、本にすることもできましたが、その中の、ほんの一部分――のために、私は、永遠に、消し去ることのできない汚点を、残してしまいました。何も彼も書いてしまったら、……そういう気持で書いたのですけれど、その、愚かな一篇のことは、死に勝るかなしみとして心底に残っています。『あわれわが歌』という、その本はいまは、私の手許にも一冊もありません。忘れてしまいたい、と思っています。けれども、つい昨年も、その一篇が、とりあげられていました。

『あわれわが歌』という、その、哀しい本が出た頃、私と治子は、山荘の離隅の、古びた堂の土間に移っていました。お亡くなりになってから三年とたたないうちにどん底に落ちていたのでした。小説を書いて、生きてゆこうと決心したとき、貧乏のどん底に落ちることは、覚悟していましたが、それがこんなに早く来るとは思っていませんでした。

もう売るものもなくなり、他にお金のはいるあてはなく、二歳の治子をかかえて、働らきにゆくこともできず、どうしていいかわからず、死んでしまいたい、そう思って、くらしていました。自分でも、もう、どうしても書けないと思い、一つも自信がなくなっても、それでも何か書いていました。そしてい

――156――

図8　「『斜陽』の子を育てて――作家太宰治氏の遺児とその母の歩んだ道」
（出典：「婦人公論」1955年6月号、中央公論社）

また、静子は、「私は、自分の文章が、この世のなかで、一ばん浅薄で、下手に思われてなりません。こんな言いかたは、大げさで、きざに、聞えるでしょう。でも、これは、けんそんでも、何んでもなく、実感です。私は頭が悪い女だと言うことを、最近、特に痛感しています。もう少し聡明で、落着いていたら、この十年間の、私の行動は変っていたでしょう。頭がよくない上に、世間知らずでしたから」（前掲「私がそのモデルだった（一）太宰治作〝斜陽〟の〝かず子〟といわれて」九

五ページ）とも述べている。静子の書く行為への、揶揄を含んだ否定的批評は、反復される「文学少女」的言説と言うことができるだろう。そうした静子を「少女」と下位化する批評に対して、彼女は反論するのではなく受け入れて自らを「頭が悪い女」「頭がよくない上に、世間知らず」と認識・規定するに至るのである。作家・太宰治とその作品の神話化と、太田静子への抑圧。このような太宰と太田静子をめぐる関係性から、ミソジニーの構図を見いだすことができるだろう。そして、抑圧のなかに静子自身も飲み込まれていくとき、そこに一貫した物語性のある〈太田静子〉という

私がそのモデルだった（一）
太宰治作
〝斜陽〟の〝かず子〟といわれて
太田《おおた》　静子《しずこ》

太宰治の想い出を語る筆者。令嬢治子さんと—

モデルは多くの場合被害者であった。訴えたい多くのものを持っているに違いない。と同時に、小説作法における作家の秘密を身近かに体験した一人であるはずだ。太田静子さんが〝斜陽〟のモデルであることは定説だが、太宰は最初彼女自身の家を舞台として書くつもりだったが、静子さんに会い、彼女の日記の提供を受けて構想を変えたといわれる。モデル・シリーズの第一回として彼女の手記を読者に提供しよう　（編集部）

先日、婦人朝日から連絡を頂いた時、直ぐに、分りました。

「きっと、斜陽のことに、ちがいない」と、ぼんやりしていました。治子が、そばへきて
「ママ。どうしたの？」

と、案じ顔で尋ねました。

「太宰ちゃまのことよ。きっと」

「そう」

治子も、それ以上、尋ねませんでした。治子のお父さまのことは、もう、書かないことにしよう。そう思って、暮していました。「斜陽」のことも、考えないことにしよう。そう思っていたのです。

私も、会社につとめて、五年目になり、年もとり、昔のような文学少女でなくなったのですから、だまっているのが、一ばんいいのだと、そんな気持になっていた矢先に、

「書かせていただきます。御期待にそうようなものは、

— 94 —

図9　「私がそのモデルだった（一）　太宰治作〝斜陽〟の〝かず子〟といわれて」
（出典：「婦人朝日」1958年8月号、朝日新聞社）

イメージが誕生するのである。

もう一つ、これらの手記や、前述した『小説太宰治』に添えられた写真も注目する必要がある。先に挙げた「偽書」『小説太宰治』の扉（図4）にしても「婦人公論」や「婦人朝日」に掲載されたこれらの写真（図7、8、9）にしても、常に同じような構図で撮影されていて、それらの写真には強い物語性が顕現している。すなわち、静子一人を撮影した写真ではなく、お決まりのように静子が幼い治子を抱き寄せる母と子の写真は、妊娠が判明したところで終わる「斜陽」のその後の物語、まさに「私生児と、その母」の姿を治子と静子に重ね合わせて、見る者にイメージさせるのだ。

6　〈太田静子〉というイメージ

太田静子は、太宰の死によってその存在が明らかになったときから、「「斜陽」のヒロイン「かず子」は（略）太田静子である」（前掲『太宰治の作品とそのモデル』八六七ページ）というように虚構と現実の間を浮遊する場にいる。先の静子と治子の写真が示すように、静子を「かず子」的言辞に囲い込むことをメディアは望み、読者もまた要求したと言える。その最たるものが、次に挙げる静子の手記だろう。長くなるが、「〝斜陽〟のモデル・太田静子さんの手記　愛人太宰治の面影を抱いて」（「女性セブン」一九六三年六月十二日号、小学館。以下、「手記」と略記）を引用してみたい。

私がはじめてあのかたにお会いしたのは、〝斜陽〟に登場する、私の弟、通が介在してのことでした。

彼はそのころ、作家、太宰治に、まったく夢中でした。その文学、その人柄におぼれこんで、旧制高校時代から再三上京し、あのかたにお会いするのを唯一の楽しみにしていました。その弟が麻薬中毒にかかったのも、やはり、あのかたの感化なのでした。

私はそのころ初婚に破れ、京都の華族の婚家先から実家へもどり、一児を死産し、傷ついた心身で、母とともにさびしい毎日を送っておりました。

弟は、まるで、この世にはあのかたひとりしか作家がいないようなうちこみかたでございました。そうした弟の気持ちの反映が、いつかしら私の中に、あのかたへの関心をよびさましたのでしょう。

私は弟のことを相談にことよせ、単身上京してご自宅にたずねました。母にも、弟にも黙ってのことでした。

築地、東劇の裏手にあるビルの地下の酒場に、私をつれて行ってくださったあのかたにすすめられ、私は生まれて初めて、お酒を二杯、コップにいただきました。(略)

その夜の帰りがけ、地下の酒場から階段をのぼる暗い途中で、不意に抱きすくめられてキスをされました。私はかたくくちびるを閉ざしたまま、しかし、さからわずに受けました。まるで、生娘のようにかたい口づけではありましたけれど、私にとっては、この上もなく甘美なも

のに思えました。（略）

二度目にお会いしたのは、最初の出会いから、実に三年たっておりました。

西荻窪の酒場で、十数人の人が車座で、お酒を浴びるようにのみ、酔い、うたうなかで、あのかたはひどく疲れたご様子で、わけのわからぬ歌などをうたっておられました。三年みなかった間の、ひどいおやつれように、思わず涙ぐみそうになりました。

その夜私は、はじめてあの方の腕の中で眠りました。（略）

「僕は、貴族は、きらいなんだ。鼻もちならない傲慢なところがある。僕は田舎の百姓のむすこでね…」

とはぐらかしてしまわれるのでした。

貴族？

なるほど、六年前に、たしかに私は貴族のもとに嫁しました。京都の伯爵の家でした。しかし、どうしてもその家と相手の人になじめずに、ひとりの子を死産してのち、落ちぶれて心細い実家にもどっている身でした。

「私もいまでは田舎者ですわ。畑をつくっていますのよ。田舎の貧乏人」

私はそう答えました。

岩が落ちてくるような勢いでその人の顔が近づき、私は激しいキスを受けました。

「しくじった。ほれちゃった」

あのかたは、わざと下司っぽくそうおっしゃって私をお抱きになりました。

『斜陽』を読み、太宰と静子の関係をある程度でも知る者が読めば疑問を持たざるをえない文章である。下曾我に疎開するまでは東京住まいの彼女が一体どこから「単身上京」してくるのだろうか。静子に通という弟がいるのは事実だが、「〝斜陽〟に登場する、私の弟、通[23]」とは誰なのか。様々な疑問を投げかける「手記」ではあるが、この記事のタイトルの横には手書きで「太田静子」とサインされていて、例によって静子と十五歳になった治子の写真も掲載されている。「斜陽」のかず子の境遇とよく似たこの「手記」は、一体何を意味するのだろうか。

この「手記」の真相と思われるものを、太田治子の『手記』は次のように説明している。

A週刊誌に、私達の記事が出てしまったのである。それは母の文章でもないのに、手記としてあり、母の字に似せた太田静子という贋のサインまで入っていた。私達はびっくりしてA誌に事情を聞くと、A誌の人が謝罪に見えた。しかし私達の力では、それ以上の抗議もできなかった。私の気持はおさまらなかった。(略)

――そうだ、私は、週刊誌に書かれるまでは、父を誇りに思っていたのだ。(略)

週刊誌に変な書き方をされたぐらいで、友達に妾の子といわれたぐらいで、思い悩み、父と母のことを不潔ときめつけた自分が、恥ずかしくなった。次の日、学校で、母が兄弟・親戚・知合いの方達に出した葉書を、多くの友達に読んでもらった。

「A誌六月十二日号に、私の手記として出ている文章は、私の書いたものではありません。

あの手記の筆者に、あのようなことを、話したこともありません。いまはもうどうすることもできません。これからはこういったことにあわないように気をつけて生きていかなくてはなりません。もしあの手記がお目にとまりましたら、破棄して下さいませ。

昭和三十八年六月三日　かしこ」

（前掲「手記」一〇三―一〇七ページ）

「母の字に似せた太田静子という贋のサインまで入っていた」「六月十二日号」の「週刊誌」に掲載された「手記」。週刊誌の誌名までは記されていないものの、「昭和三十八年」の「六月十二日号」の「週刊誌」で、「太田静子」という「サインまで入っていた」という治子の言葉から考えると、ここで書かれている「手記」が前掲の「〝斜陽〟のモデル・太田静子さんの手記　愛人太宰治の面影を抱いて」を指している可能性は高い。つまり、この「手記」は、太田静子本人が書いたものではない「手記」なのではないだろうか。

こうした「手記」が静子のものとして掲載されたということ、それ自体ももちろん大きな問題ではあるが、ここでは特に、「手記」に書かれた内容について考えてみたい。一九四八年に太田静子の名義で出版された偽書『小説太宰治』は、太田静子の手によるものではないにせよ、その内容は当時静子が「婦人公論」に発表した「「斜陽」の子を抱きて」に似せて静子と太宰の関係を描いたものであった。一方、この「手記」は、先の引用のとおり、明らかに太宰の「斜陽」を下敷きにしながら、「斜陽」のなかに静子を取り込んでいる。常に虚構と現実の境界に位置していた太田静子は、太宰の死後十五年を経て、「斜陽」のなかに溶け込んでしまったのだ。

　のちに静子は、雑誌「新潮」の編集者で太宰担当だった野平健一とともに『私の昭和史』というテレビ番組に出演し、「「斜陽」のモデル」についてのコメントを求められた際に、「わたくし、そういう言葉を聞きますけれど、一度だってモデルだと思ったことはないんです。わたくしもあの中に生かされているし、わたくしもそのためにアシスタントって言えばいいんでしょうか、今の言葉で言えば、一緒に記念の作品をつくったっていう気持…。そしてお別れする気持…。」（放送は一九七〇年六月九日。なお引用は、太田静子／野平健一「太宰治・斜陽と死」〔東京12チャンネル社会教養部編『新篇　私の昭和史3　この道を行く』所収、学芸書林、一九七四年〕一四六ページによる）と答えている。

　こうした発言から、太田静子自身は「モデル」ではなく、「つくった」側の意識を持っていることがうかがえるが、静子の声は太宰治の名作「斜陽」に届くことはなく、先の「手記」のように、むしろメディアは自らが欲望する、太田静子は「「斜陽」のモデル」であり、静子は「かず子」であるという、「斜陽」の物語に静子自身を近づけようとする。

『斜陽』の周縁は、流行作家太宰治の「情死」によってざわめきを見せ始める。その周縁の主要人物である太田静子は、ある一時期、確かに作家として存在したはずが、作家としての太田静子は「世間知らず」な永遠の「文学少女」というように書く行為をめぐってジェンダー化され、下位化された言説に囲い込まれ、「「斜陽」のモデル」としてだけ、その価値を見いだされて『斜陽』に取り込まれていく。ここに、〈太田静子〉という一貫した物語性のある存在が生まれるに至るのである。すなわち、名作という評価の陰で、「斜陽」は〈作家の肖像〉を補完するイメージ消費のための〈太田静子〉を作り出したと言えるだろう。

本章の冒頭に引用した新聞記事に戻ってみれば、当然のことながら『斜陽日記』は、東京の自宅から下曾我への疎開、弟の帰還、そして最愛の母の死までを綴ったもので、「太宰の思い出をかいた」ものではない。本章で検討した太田静子をめぐる一連の出来事からは、作家〈太宰治〉と、おそらくはその背後にある〈文学〉を死守するために、メディアや文壇の一部が静子に向けた抑圧の構図が透けて見えてくる。

注

（1）太田静子死去の記事は、本文中に挙げた「朝日新聞」一九八二年十一月二十五日付（「太宰治「斜陽」のモデル／太田静子さん死去」）、「読売新聞」一九八二年十一月二十五日付（「「斜陽」のモデル／太田静子さん死去」）のほか、「毎日新聞」一九八二年十一月二十五日付（「太宰治の「斜陽」のモデル――太田静子さん死去」）にも写真入りで掲載されている。

（2）太田静子『斜陽日記』石狩書房、一九四八年

（3）太田静子『斜陽日記』（小学館文庫）、小学館、一九九八年。その後、二〇一二年にも朝日文庫（朝日新聞出版）から刊行されている。

（4）最も入手しやすい新潮文庫版の『斜陽』（新潮社、一九五〇年一刷）は、二〇〇六年の段階で百十一刷である。

（5）千葉宣一「『斜陽』試論——『斜陽日記』の剽窃をめぐる問題」「特集 太宰治——昭和二十年—二十三年」「国文学解釈と鑑賞」一九八八年六月号、至文堂、一一七ページ

（6）中村三春「「斜陽」のデカダンスと〝革命〟——属領化するレトリック」「特集 変貌する太宰治——没後五十周年」「國文學 解釈と教材の研究」一九九九年六月号、學燈社、九九ページ

（7）相馬正一「『斜陽日記』のオリジナリティー——創作「相模曾我日記」の活字化」、同誌一一一ページ

（8）鳥居邦朗は『斜陽日記』について「どう見ても小説「斜陽」から逆に仮構されたものとしか思われない」（鳥居邦朗「『斜陽』」、東郷克美／渡部芳紀編『作品論 太宰治』所収、双文社、一九七四年六月）と述べている。それに対して相馬正一（前掲「『斜陽日記』のオリジナリティー」）は、新資料を提示しながら『斜陽日記』が「斜陽」の素材であることを示した。なお、こうした『斜陽日記』をめぐる一連の評価に対して太田治子は、「『斜陽日記』は、あまりにも『斜陽』と重なる場面が多いだけにこれは太宰の死後母がねつ造したのではないかと書かれたことがあった。母は、そのことをずっとかなしがっていた」（前掲「母の糸巻」一九七ページ）と述べている。

（9）中山昭彦「〝作家の肖像〟の再編成——『読売新聞』を中心とする文芸ゴシップ欄、消息欄の役割」「特集 メディアの政治力——明治四十年前後」「文学」一九九三年四月号、岩波書店、二七ページ。〈作家の肖像〉については、十重田裕一「つくられる「日本」の作家の肖像——高度経済成長期の川端康成」（「特集 編成の力学——五〇年代をよむ」「文学」二〇〇四年十一月号、岩波書店）もあわせて参照。このなかで十重田は「新聞・雑誌などの活字メディアはもとより、ラジオ・レコードなどの聴覚メディアや映画・テレビなどの視聴覚メディアと作家がどのように関わり、そうしたメディアを通じて作家のイメージがどのようにつくりだされ、流通していったかを複合的に検証する必要

がある」と述べている。また、〈作家の肖像〉と関連した「モデル問題」については、日比嘉高「「モデル問題」とメディア空間の変動——作家・モデル・〈身辺描き小説〉」(「日本文学」一九九八年二月号、日本文学協会)も参照。

(10) 豊島与志雄/高見順/中島健蔵「創作合評会」「群像」一九四八年二月号、講談社。引用した発言は中島による。

(11) 有村士郎「太宰治の情死について」「時論」一九四八年八月号、大雅堂

(12) 岸金剛『太宰治の作品とそのモデル』城南社、一九四八年。なお、引用は山内祥史編『太宰治著述総覧』(東京堂出版、一九九七年)による。

(13) 志村有弘/渡部芳紀編『太宰治大事典』(勉誠出版、二〇〇五年。なお「斜陽」の項の執筆は岸睦子)参照。

(14) 尾崎一雄「梅の咲く村にて」、亀井勝一郎編『太宰治研究』(作家研究叢書)所収、新潮社、一九五六年

(15) 相馬正一『評伝太宰治』下、津軽書房、一九九五年、三七八―三七九ページ

(16) 太田治子「母の糸巻」、前掲『斜陽日記』(小学館文庫)所収、小学館、一九九八年、一九七ページ

(17) 前掲「『斜陽日記』のオリジナリティー」一一四ページ

(18) 「桜桃」「世界」一九四八年五月号、岩波書店

(19) 『小説太宰治』ハマ書房、一九四八年

(20) なお、尾崎一雄による紹介文「太田静子さんの小説について」は以下のとおり。

太田静子さんと知り合つて日は浅いが、私の驚いたことには、一人の女の人が、三十幾つとい

ふ年になるまで、生れたままの生地をどうしてこんなにまで保ちつづけることが出来たか、といふことだつた。

世俗と無縁だといふ、世間人としての致命的欠陥が、そのまま芸術家としての長所となる、といふ好い例を、太田さんに見ることが出来る。生れたままの柔軟な肉声を聞くときわれわれは、われとわが身にこびりついた垢の重みに驚く。初めて発表される太田さんの小説を原稿で読んで、私はさういふことを深く感じた。暁方か夕暮に咲く、はかないがしかし美しい花と云ひたい。

(21) 檀一雄「序」、前掲『あはれわが歌』所収、一ページ
(22)「テクスチュアル・ハラスメント」については、小谷真理「テクスチュアル・ハラスメント」(「国文学解釈と鑑賞」別冊「女性作家《現在》」二〇〇四年三月号、至文堂)ならびに、ジョアナ・ラス著、小谷真理編『テクスチュアル・ハラスメント』(小谷真理訳、インスクリプト、二〇〇一年)を参照。
(23) 太田静子の経歴などについては、野原一夫「「斜陽」の女性」(『回想太宰治』新潮社、一九八〇年)に詳しい。静子は一九一三年、滋賀県愛知川に生まれ、兄と二人の弟、武・通の四人兄弟。医師である父の死後、三八年五月に東京・大岡山に移転し、同年十二月に弟の武の同僚と結婚、馬込に新居を構え静子は妊娠・出産するが、子供が死亡したことをきっかけに離婚。大岡山の母の家へ戻って四一年四月から婦人画報社が経営する文学塾に通い、同年九月、太宰宅を文学塾の友人と訪問。その間、母とともに大岡山から洗足池近くに引っ越し、四三年十月に神奈川県下曾我へ疎開する。

［追記］

『小説太宰治』の調査に際し、日本大学文理学部図書館、ならびに日本近代文学館に大変お世話になりました。心からお礼を申し上げます。

第2章　こぼれ落ちる声
——太田治子『手記』と映画『斜陽のおもかげ』

1　生み出される痕跡

原作がある映画を観たとき、特に原作を読んだうえで映画に向き合ったとき、原作と映画との間に違和感を少なからず感じるということはしばしばある。原作の良さを再確認し、脚色された映画の内容に落胆することもあれば、あるいは原作以上の出来栄えの映画に満足する場合もある。それらは、どのような原作と映画の間でも起きる、ごく当たり前のことにすぎない。

しかしそうしたささいな違和感が、ときに原作と映画の間にはたらく力学を浮き彫りにして、突き付けてくることもある。

「太宰治の遺児、十七歳になった〈斜陽の子〉が万感をこめて綴った生い立ちの記」「太宰治と愛人太田静子との間に生れた著者の十七歳の回想。父の才能を享け、その文学を心の支えとして、複雑な運命を強く生き抜いてきた少女の、心うつ人生記録である。他に〈婦人公論読者賞〉受賞の、父の故郷を初めて訪れた紀行文「津軽」を収録」という帯を付けて刊行された太田治子の『手記』(図10)は、一九六七年に起きた「第三次太宰ブーム」[1]を追い風に、『斜陽のおもかげ』というタイトルで映画化された。[2]

図10　太田治子『手記』(新潮社、1967年)カバーと帯

この『斜陽のおもかげ』は、『夕笛』(監督：西河克己、脚本：星川清司／智頭好夫、企画：増井正武、主演：舟木一夫／松原智恵子)と二本立てで上映され、「初秋に贈る二大名作[3]」(図11)と銘打った二作は、その年の芸術祭参加作品ともなった。

本章では、この『手記』と映画『斜陽のおもかげ』とを比較し、そこに生じた痕跡から、両者の間にはたらく力学を検討する。しかし映画とはいっても、『斜陽のおもかげ』は現在DVDなどで市販されておらず、東京国立日本近代美術館フィルムセンターにも所蔵されていないため、ここでは早稲田大学坪内博士記念演劇博物館に所蔵されている脚本『斜陽のおもかげ』(吉川意年氏寄贈)を用いて検討を試みたい。先に挙げた『手記』初版の帯に示されているとおり、『手記』の背景には、太宰治による「斜陽」(「新潮」一九四七年七月—十月→『斜陽』新潮社、一九四七年)の成立と流通が大きく関わっている。原作つき映画によくあるささいな違和感とは言いがたい、『手記』と『斜陽のおもかげ』の間にある力学に目を凝らしたとき、そこには何が浮かび上がるのだろうか。

2 『手記』と『斜陽のおもかげ』

太田治子の『手記』は、「手記」と「津軽」という二章から構成されていて、そのうちの「手記」は一九六五年四月に「新潮」に発表され、発表当時十七歳、高校二年生の太田が、新潮社の依頼を受けて書いたものである。幼少期を過ごした下曾我時代、母の大病と入院を契機として親類宅で「居候生活」をした葉山時代、その葉山を出て、わずか二カ月間を過ごした川崎時代、そして「母と私、二人だけの初めての住まい」となった恵比寿の「バラックの家」での生活を経て、目黒のアパートで暮らす高校二年生の現在までの生い立ちが、「斜陽の子」と呼ばれる自らの出生に向き合いながら綴られている。

もう一方の「津軽」（原題は「宿願の津軽に父太宰治を求めて」）は、「手記」発表の翌年、一九六六年十月に「婦人公論」に掲載され、先に挙げた『手記』の帯に記されていたように「婦人公論読者賞」を受賞した。題名が示すとおり、父・太宰治の故郷である津軽を「奥野健男先生と、婦人公論の婦人記者Tさん、弘前高校のS先生」とともに訪ね、津軽の風物に触れながら太宰の血縁者やゆかりの人物と出会うことで、自らの出生に関わる「罪」の意識を拭い去り、「これからはもう、何も考えずに、生きていかれるような気持になっていた」という言葉で締めくくられている。

これら二つの章から成る『手記』について、太田治子とともに津軽に赴いた奥野健男は次のよう

図11　『斜陽のおもかげ』『夕笛』の広告。「愛の悩み、生の悲しみを乗りこえる母と娘……豪華!吉永・新珠の初顔合わせで描く世紀の感動大作!!」とある
（出典：「読売新聞」1967年9月21日付）

な賛辞を贈っている。

昭和四〇年三月、彼女が高校二年の時に書いた一六〇枚の『手記』が「新潮」に大きく掲載された。ぼくは一夜、一気に読んで強い文学的感銘を受けた。それは斜陽の子云々という裏話的事情からのおもしろさではない。一流文学者の作品とならんで、『手記』が少しもひけをとらぬ文学性をひらめかせていたからである。生き難い困難な幼少時代を生き抜いて来たと同じように、これは書き難い困難な題材を、その文学的資質により見事に処理、表現しているのだ。苦しいことを書いても、みじんな卑しさがないのだ。（略）

今度刊行された『手記』によって、ぼくは太宰文学の精髄が、その娘太田治子によって引き継がれていると考える。エピゴーネンではなく、その純粋さ、感受性、そして精神が今日によみがえった姿をここに見て、彼女の今後の成長と活躍に大きな期待をかけつつも、一太宰ファンとして、彼女自身の幸福な人生を祈らずにはいられ

ない[4]。

「太宰文学の精髄」「純粋さ、感受性、そして精神が」「よみがえった」と、治子を通して「太宰文学」を透かし見ようとする奥野の見解は、〈作家の娘〉として花開いた「文学性」を評価したものと言えるだろう。こうした〈作家の娘〉としての「文学性」とは異なる点を評価したものに、次に挙げる川端康成による「推薦の言葉[5]」がある。

太宰治の遺子、それも小説「斜陽」に描かれた愛人の子である、この少女の「手記」は、いろいろな読み方をされることであろう。この子が生れて間もなく、太宰は死に、この子は父とまみえていないが、異常な作家の子という運命は、あるいは受難となり、あるいは救済となり、また、それを誇りとして従い、それを悩みとしてたたかう、それがこの少女の「手記」に複雑に伝えられて、人々を考えさせる。

しかし、その異常と複雑とを生き抜く少女の精神と筆致とは、むしろ素朴で健康である。すなおでみずみずしい。感受性が新鮮である。女子高校生の年齢に書かれただけに、多感早熟とは言っても、幼時からの記憶が精確に保たれて生彩を放ち、太宰治という父を離れても、出色の生い立ちの記となっている。また、ひどい生活苦の記録も若々しい心のために生の讃歌となっている。

「素朴で健康」「すなおでみずみずしい」「感受性が新鮮」といった川端の評価は、かつて『綴方教室』（大木顕一郎／清水幸治、中央公論社、一九三七年八月）の豊田正子の綴方や太宰治「女生徒」（「文学界」一九三九年四月号、文藝春秋）に与えた絶賛[6]にも似ており、また、少女雑誌などの投書欄で川端が指導し続けた「〈素直〉な書き方[7]」への評価とも重なり合っていて、「少女」の執筆行為に執着し続けた川端の姿を確認することができる。このように奥野・川端いずれの評価にも、それぞれの思惑が透けて見えるものの、ひとまず好評だったことが、これらの評からうかがえるだろう。好評のうちに迎えられた『手記』は、刊行からわずか二カ月後の一九六七年五月にクランクインされ、映画『斜陽のおもかげ』へと変貌を遂げるのである。

『斜陽のおもかげ』は『手記』に収録された「手記」と「津軽」二編の内容を脚色したもので、『手記』の「私」（太田治子）を『斜陽のおもかげ』では「木田町子」という名で吉永小百合が演じ、『手記』の「母」を「木田かず子」という名で新珠三千代が演じた。ほかに、『手記』後半に収録された「津軽」のなかで、「私」が父・太宰治の故郷を訪れた際に出会う太宰の兄・津島文治は「津田文蔵」という名で三津田健が、太宰の子守だったたけは「つる」という名で北林谷栄が演じている。また、『手記』のなかには、「私」が中学二年のとき、母と檀一雄と三人で桜桃忌にテレビ出演をしたエピソードが綴られているが、『斜陽のおもかげ』では町子の津軽行きを後押しする作家として檀一雄本人が出演している。原作である『手記』に登場するこれらの人物のほかに、『斜陽のおもかげ』オリジナルの人物として、東京大学の法科学生で町子の恋人でもある「谷山圭次」を岸田森、総理府に勤める圭次の父「谷山進一郎」を芦田伸介、圭次の母で、圭次と町子の交際を反対する「谷山千賀」を高杉早苗が演じた。ここで、まずは『斜陽のおもかげ』の概要をまとめる。

倉庫会社の調理場の賄婦として働く母・かず子と二人暮らしの木田町子は高校三年生。町子の父・太宰治に興味を持つ谷山圭次と出会い、互いに恋心を抱くも、町子には困難が待ち構えていた。常に「斜陽の子」という「色眼鏡」で見られていることを、母・かず子の骨折や、町子と圭次の交際を反対する圭次の母によって一層思い知らされた町子は、父を知るために父の故郷である津軽を訪ね、父の兄・文蔵や、つるに温かく迎えられる。そこへかず子から圭次が山で遭難して生死不明だという電報が届き、町子は津軽をあとにしてかず子と二人、圭次が遭難した山へと向かった。圭次は助かり、町子と圭次は互いの気持ちを確認しあう。これまで自らの出生に悩み続けた町子だったが、生きること、愛することを改めて知り、自宅に戻ってかず子に「生まれてきてよかった」と告げたのだった。以上のように、『斜陽のおもかげ』からは、自らの出生への悩みと圭次との恋という二つのテーマが見て取れる。

既に日活の黄金期は過ぎ去ったとはいえ、これまでに石坂洋次郎をはじめとする様々な文芸作品の映画で主演を務め、「手記ブーム」(8)のなかで出版された大島みち子と河野実による『愛と死をみつめて』(9)の映画版（監督：斎藤武市、脚本：八木保太郎、日活、一九六四年公開）においても浜田光夫との純愛コンビで主演を果たした吉永にとって、太宰治や「斜陽」を背景に描かれた『手記』の映画化は、格好の作品だったにちがいない。「二年越しの念願だった」「念願の治子役に懸命」(10)な吉永を主役に据えた『斜陽のおもかげ』は、ほぼ同時期に公開された松竹や東宝の映画をおさえてトップに躍り出た[11]。この成績は、そのまま日活作品全体にも反映されて、一九六七年の日活上映作品のなかで、興行成績第一位を収めることになる[12]。

しかし、この興行成績が映画自体の評価に反映されたとは言いがたい[13]。例えば田山力哉は、「原作の手記は実に明るい、素直なタッチのものだ。太宰の遺児であるという特殊な自分の境遇が、ありのままに捉えられていて、会ったことのない父親への興味のようなものが生き生きと描き出され、たとえば津軽を訪れて、父親の親せき、友人たちに対面するときの心の動きなどを見ても、この少女の柔軟な感受性というものがよくうかがえるのだ。ここには自分の悲しい境涯に対する深刻な苦悩といったものはまったく見られない、その明るいユーモアには、さすがに太宰の血の流れを感じさせるのだ。映画の小百合になると、どうしても優等生だ。自分の暗い境涯を切りひらいて行くという気張ったタッチになってしまうのだ[14]」と、原作と比較しながら、結局は「いつもの日活ルーティン[15]」にすぎないと指摘する。

映画公開前の日活の宣伝では、「愛の悩み、生の悲しみを乗りこえる母と娘……豪華！吉永・新珠の初顔合わせで描く世紀の感動大作!![16]」とあって、当時、東宝所属女優だった新珠三千代と日活の吉永との「母と娘」を前面に押し出していたはずが、いざ公開してみれば「〝罪の子〟〝斜陽の子〟でも、生きる権利はある。愛する権利はある。有名な作家の太宰治を父に持ちながら、ただ日陰者の子であるがゆえに、世間の片すみで生きてきた娘が、はじめて知る恋の喜びは、恋人の山の遭難で、いよいよ美しくも清くたかめられていく！[17]」（図12）というように、原作にはない、吉永演じる健気な娘の清く美しい恋の行方――いわゆる「日活ルーティン」が強く打ち出されていたの

図12　「映画物語　斜陽のおもかげ」
（出典：「近代映画」1967年11月号、近代映画社）

だ。それが、映画に対して失望感さえ抱かせてしまう評価につながったと思われる。

もちろん、言うまでもないことではあるが、『斜陽のおもかげ』は吉永小百合主演の映画なので、その評価が木田町子を演じる吉永を中心に語られるのは当然のことである。しかし、『手記』と『斜陽のおもかげ』を見比べたとき、田山力哉の言う、吉永小百合を主役に据えた「いつもの日活ルーティン」という評価だけでは説明のつかないものが浮かび上がってくるのである。当初日活が宣伝した「母と娘」――そこにこそ、本章冒頭で述べた、この映画が抱える違和感が示されているのだ。

3　母はどのように描かれたか

特にそれは、町子の母の表象で大きく示されている。母の姿は、『手記』の「私」によってどのように語られているのだろうか。「私」は、仕事に不慣れな母が「会社に勤め始めの頃、母はよく泣きながら、家に帰ってきた」と言いながら、その後の母の変貌を次のように語る。

恵比寿時代までの母には、マリー・ローランサンの絵の女の人のような感じが、また、純な子供のようなところがあった。私の脳裏に、そういう母は、今も生きている。その母と、今の母は、どうしても一緒にならない。私は昔の母のほうが好きだ。あの母が泣き虫でなかったら、私の理想の女性の一つのタイプであったと思う。しかし、あのままでは、母は一人で、私をここまで育てられなかったのだろう。葉山時代の母の写真と、目黒にきてからの母の写真を比較してみると、まるきり、ちがう顔だ。葉山の母は、あどけない顔をしているが、目黒にきてからの母は、しっかりした感じになっている。変ったのは性格だけではない。私はつくづく思った。しかし、寝顔だけは、昔のものだ。近頃では、母より私のほうが、遅く寝るようになったので、それがよく判る。あどけなさを通り越して、新生児のような顔をして眠っている。

（前掲『手記』五一―五二ページ）

「私」を一人で育てるために、顔立ちも性格もしっかりした母。それは、親類に頼った「居候生活」から精神的にも経済的にも自立した母の姿を、「私」自身が認識していることを表しているだろう。それに対して、『斜陽のおもかげ』では、「町子、じっと母の寝顔を見ている。四十余年の辛酸をなめたその顔は、然し、以外《（ママ）》に無邪気に美しい」（『斜陽のおもかげ』シーン38「アパート（夜）」）というように、町子の視線を通して、母のただ「無邪気」な美しさだけが映し出され、強調される。たとえ母が「四十余年の辛酸をなめた」ことを理解していようとも、映画では、『手記』に見られた母の自立と変貌を理解する「私」の姿は描かれず、「無邪気に美しい」母の姿だけが町子によって認識されているばかりである。

　こうした母の違いは、アパートの階段から転落して骨折した母の姿にも表れている。骨折によって三カ月の入院を医師から告げられた際にも、『手記』では「三ヶ月も、母と別れて暮さなければならないことが、甘ったれの私には、たまらなく悲しかったのである」という「甘ったれ」の「私」と、骨折の手術に臨む前に「「皆さんのおっしゃることをよく聞いて、素直に、明るく生きて下さい」という趣旨」の「遺書まで書いた母」の対照的な姿が示されているが、『斜陽のおもかげ』では、アパートの階段から転落した直後の病室のシーンで、「一隅のベッドに寝ているかず子。／そばで町子、弁当食べている。／かず子、甘ったれた顔で痛そうに顔そむける。／町子、ひやかす様な顔で母をみている」（『斜陽のおもかげ』シーン20「病室」）と描かれていて、「甘ったれ」という描写は娘から母へと反転されるのだ。

つまり、先の「無邪気に美しい」母と同じく、およそ『手記』のなかで描かれる母とはかけ離れた姿が『斜陽のおもかげ』には描かれているのである。それは骨折の自宅療養中でも変わらない。以下にその場面を並べてみよう。

ギプスを取った後、約二ヵ月は、松葉杖なしでは歩けなかった。二本の足で、はじめてあるけたのは九月末のことだった。その日、母と私は久方ぶりに学芸大学まで、散歩にいった。帰りに、母は、五ヵ月ぶりに美容院で髪をカットしてもらった。しかしその日の母は、写真によると、松葉杖なしで歩けたにしては、嬉しそうな顔をしていない。その理由を聞くと、母はこういった。松葉杖なしで歩けるようになったのだから、また、現実の世界に戻らなくてはいけなくなった、そう思うと、嬉しいどころか、重い気持になったのだという。母は長い間、会社を休めたので、創作したいという気持がまた湧き上がっていた。

（前掲『手記』七二―七三ページ）

松葉杖を傍に、蒲団の上に坐っているかず子が、うつとりしたように「斜陽」を読んでいる。かず子「どうやら、あなたも、私をお捨てになつたようでございます。いいえ、だんだんお忘れになるらしうございます。けれども私は、幸福なんですの。私の望みどうりに、赤ちゃんが出来たようでございますの。私は、いま、いつさいを失ったような気がしていますけど、でも、おなかの小さい生命が、私の孤独の微笑のたねになつています」

町子が帰つてくる。
かず子「(気がつかず、よみつゞける) 私には、はじめからあなたの人格とか責任とかをあてにする気持はありませんでした。私のひとすじの恋の冒険の成就だけが問題でした」
黙って聞いている町子。
かず子「そうして、私のその思ひが完成せられて、もういまでは私の胸のうちは、森の中の沼のように静かでございます。私は勝ったと思っています」
突然、町子が先を続けて読む。
町子「マリヤが、たとい夫の子でない子を生んでも、マリヤに輝く誇りがあつたら、それは聖母子になるのでございます」
かず子は、驚いて見る。
町子は続けて読む。
町子「マリヤが」
マリヤ《(ママ)》「マリヤが」
二人「たとい夫の子でない子を生んでも、マリヤに輝く誇りがあつたら、それは聖母子になるのでございます」

(『斜陽のおもかげ』シーン32「アパート（夜）」)

右に挙げたとおり、骨折の療養中、『手記』の「母」はかつて抱いていた創作への意欲を再び抱き始めていた。『手記』のなかの「母」、すなわち太田静子は第1章で述べたように、元来小説家志望で、『斜陽日記』以外にも、太宰の死後、一時は書くことで生計を立てようと「園子のマリ」「弟子」「「斜陽」前後」を発表した〈書く女〉[18]だったのだが、その後のバッシング[19]によって潰えたようにみえた書くことへの意欲を『手記』は垣間見せてもいたのだ。同様に『斜陽のおもかげ』でも、骨折後、自宅で療養する母の姿が描かれているが、その母が書くことへの意欲を語ることはなく、「うつとりしたように」「斜陽」の末尾に置かれた「かず子」の手紙を朗踊するばかりである。そうした姿は、「四十余年の辛酸」をなめてもなお「無邪気に美しい」母をさらに強く印象付け、町子の恋人・圭次が町子に向かって言う、「ちよつとみには目立たないで、むしろひかえめなんだけど、それでいて普通の女には出来ないことをやつた」「君のママは、すごく新しい女」(『斜陽のおもかげ』シーン25「砂浜」)の姿に引き寄せられていく。

「ちよつとみには目立たないで、むしろひかえめなんだけど、それでいて普通の女には出来ないことをやつた」「すごく新しい女」(傍点は引用者)。それは、『斜陽のおもかげ』で母が「うつとり」と読み上げ町子と二人朗読した「マリヤ」の姿、「斜陽」に描かれた妊娠後の「かず子」の姿にほかならない。しかも、「すごく新しい女」と母をたたえるのが、町子ではなく、太宰の愛読者の圭次であるということを考えれば、その賛辞の背後に、神話化された男性作家〈太宰治〉を夢想し続ける者によって理想化され可視化された、『斜陽のおもかげ』ならぬ「斜陽」の「かず子」の姿が透けて見えてくる。つまり、『斜陽のおもかげ』に描かれる母は、太宰治の「斜陽」に描かれた「かず子」の理想的なその後の姿だったのである。何より、原作の『手記』で、終始「母」あるいは「ママ」と呼ばれた太田静子をモデルとする『斜陽のおもかげ』の母は、否応なしに「斜陽」を想起させる「かず子」という名前でスクリーンに登場したのだから。

「斜陽」のその後の、理想的な物語。原作にもないそれが、映画にはしっかりと書き込まれているのだ。それこそが、「いつもの日活ルーティン」の傍に『斜陽のおもかげ』が描き出したもう一つの物語だったのである。

4　こぼれ落ちる声

『斜陽のおもかげ』が提示する、こうした理想的な物語は、原作である『手記』にあって『斜陽のおもかげ』には描かれなかった「私」や母の声を通してより鮮明になる。繰り返しになるが、当然、原作の内容がすべて映画に反映されるわけではない。けれども、原作で綴られながらも、映画ではこぼれ落ちていった次のような声には、注目する必要があるだろう。


最近、母と私は、こんな会話をして、夜を更かした。

「ねえ」と母は妙に間のびした声で話しかけてきた。

「通叔父ちゃまは、亡くなる前に、私たちのことを、並木さんに頼んで下さったでしょう。それにひきかえ、あなたの父上は、どうして、誰かに一言頼んだり、遺書をのこして下さったりしなかったのかしら」
「ママ、いつだったか、いったでしょう、私達への遺書は、『斜陽』の和子《ママ》の最後の手紙だって。私その時、さすがにママはいいことをいう、と感心してたのよ」
「私、本当にそう思っているの。でも……」
「そんなこと、ねちねち考えていても仕方がないでしょう。とにかく私達には、『斜陽』という立派な遺書があるんですもの。仕合せよ。（略）」

（前掲『手記』一一一―一一二ページ）

右の母と「私」の会話は、『手記』のなかで「通叔父ちゃま」の十回忌を終えたあとに書かれている。母の弟である「通叔父ちゃま」は、母と「私」の「葉山時代」を支えた人物であり、死の間際、親友である並木夫妻に母と「私」のことを頼んでいた。その「通叔父ちゃま」に比べて、「あなたの父上は、どうして、誰かに一言頼んだり、遺書をのこして下さったりしなかったのかしら」と母は呟くのである。

そうした一方で『手記』は、この会話部分とは別に、週刊誌に母が太宰との関係を書いたように見せた偽の記事[20]が掲載されてしまった際、「私は、週刊誌になんと書かれても、よそさまからどういわれようとも、ちっとも気にしない。『斜陽』の和子《ママ》の最後の手紙の中に、〝マリヤが、たとい夫の子でない子を生んでも、マリヤに輝く誇りがあったら、それは聖母子になるのでございます〟って書かれてあるでしょう。私は、この言葉を信じているの。だから私は平気なのよ。あなたも、そうならなくちゃ、うそよ」と、「いいようのない悲しみで一杯」の「私」に向かって諭す母の姿も記している。つまり『手記』は「私達への遺書は、『斜陽』の和子（ママ）の最後の手紙だ」と思い、娘である「私」に言い聞かせてもなお、自らにわきあがる「どうして」という思いに葛藤する母を描き出していたのだ。

　葛藤する母の姿はこれだけではない。先の週刊誌のくだりで、『手記』の「私」は「中学の時、母が、太宰ちゃまと私は、藤十郎の恋だといったことがある。その時、私は、「ママ、藤十郎の恋だって、いいじゃないの。藤十郎だって、相手の女の人を嫌いだったら、あんなことしなかったでしょう」といって慰めた」ことを思い出している。この「藤十郎の恋」について、まずは『手記』には収録されなかった太田治子のもう一つの手記「「斜陽の子」の夢見る父　太宰治」（「婦人公論」一九六二年九月号、中央公論社、一六三ページ）を参照してみたい。

　ママは、私が言いつけを守らなかったりすると、ヒステリーを起す。そしてこんなことをいう。「太宰ちゃまは、私のことなんか少しも好きじゃなかったのよ。小説を書くために、利用されたんだわ。藤十郎の恋よ、本当に、ママのこと、思っていられたら、死ぬ前に誰方かに一言でも、よろしくと頼んで下さったはずよ。太宰ちゃまは、そういう人だったのよ。治子も、行く末は、私をすてるでしょう。もう、すてられるのは沢山。出ていってちょうだい」

『手記』のなかで、「母が、太宰ちゃまと私は、藤十郎の恋だといったこと」を思い出す「私」の脳裏に浮ぶのは、右のように「すてられ」たことを自嘲ぎみに自覚する母の声だったはずである。しかし、こうした自嘲し揺れ動く母の声は、『手記』から『斜陽のおもかげ』へと脚色される過程でこぼれ落ち、映画のなかで発せられることはない。『斜陽のおもかげ』の母は、「ママはね、よそさまが何と仰言ろうと、そんな事、少しも気にしやしない。〝マリヤが、たとい夫の子でない子を生んでも、マリヤに輝く誇りがあつたら、それは聖母子になるのでございます〟ママは、その言葉を信じてるの。だから平気よ。町子もそうならなくちゃいけないのよ」「ママと町子には「斜陽」という立派な遺書があるじゃないの。それで充分じゃないの。町子にはそれが分からないの？」と、「聖母」のように揺るぎない声で町子に語りかける。

『手記』からこぼれ落ちていったのは、「私」を通して描かれる母の声だけではない。自らの生い立ちを『手記』に向かって書き記す「私」の声もまた、『斜陽のおもかげ』では発せられることなく終わるのだ。「私のわずか十七年間のことのなかにも、書きたくて書けないことが、やまほどある。そのまま綴るということが、いかに不可能なことか。もしそれを書いたら、私達母子は、今度こそ全くの孤独に陥るだろう。私は、これからも、なにか書くことが出来るなら、全く創作したものを書いていきたいと思った」という、『手記』に向き合う「私」の声が、『斜陽のおもかげ』に響くことはないのである。もちろんそれが、過去を回想する『手記』と、「高校三年生」の町子を中心とする『斜陽のおもかげ』の設定の違いに起因するものであるということは言うまでもないが、『手記』のなかでわずかに見えた母と娘それぞれの揺れる姿を、『斜陽のおもかげ』のなかで捉えることはできないのである。

かつて、『斜陽のおもかげ』というタイトルに含まれる欲望について、「原作の『手記』というごくシンプルなタイトルから『斜陽のおもかげ』に改題したのは、太宰の死後とその後明らかにされた『斜陽』を取り巻く事情によってベストセラーに躍り出た『斜陽』や、太田治子が呼ばれていた「斜陽の子」ということばを意識してのことであるのは言うまでもない。『斜陽のおもかげ』というタイトルへの改題が、誰の意図によるものかは不明だが、そのタイトルに『斜陽』の後日譚を知りたいという赤裸々な欲望が含まれているのは明白である[21]」と拙稿で述べたことがあったが、今回、『手記』とともに『斜陽のおもかげ』の脚本を検討することで、「いつもの日活のルーティン」と評された背後で、『斜陽のおもかげ』のなかに「斜陽」のその後の理想的な物語が、確実に形作られていくありさまを目の当たりにした。しかしここで注意したいのは、「斜陽」のその後の物語であるのならば、「かず子」と対になるのは当然「上原」であるはずが、対になるのが圭次の愛する「太宰」だという点である。この奇妙な、それでいて理想的な物語は、女の声を封じ、映画のなかには出てこない〈太宰治〉という男性作家の像を浮かび上がらせる。『手記』のなかで「私」が綴った「ママ」の声——打ち消そうとしても消えない太宰への微かな不信感は、『斜陽のおもかげ』に描かれることはない。

根岸泰子は、太宰治の女性語りについて「そこでは太宰神話が外部から読みの枠として強力に作用して、登場する女は（略）太宰のイメージが投影された〈天才だけど自虐的な〉男性を無限に許し許容する聖母みたいな存在として読まれてしまう[22]」と指摘したが、そうした事態は、奇妙なパラレルワールドのような『斜陽のおもかげ』でも繰り返されていると言えるだろう。こぼれ落ちた声を拾うかわりに、『斜陽のおもかげ』が描き出したのは、圭次が言うところの「す﹅ご﹅く﹅新し﹅い﹅女﹅」――〈太宰治〉をあくまで守り、「無邪気に美しい」、ジェンダーの力学によって形作られる「聖母」の姿なのである。

注

(1)「太宰ブーム」については、滝口明祥「「太宰治」の読者たち――戦後における受容の変遷を中心に」(前掲『新世紀太宰治』所収、五五―七二ページ)に詳細な説明がある。なおこのなかで滝口は、一九六七年の「第三次ブーム」によって「太宰人気は完全に定着したとみてよい」と指摘している。

(2)『斜陽のおもかげ』監督:斎藤光正、脚色:八住利雄、企画:横山弥太郎、主演:吉永小百合、制作:日活、一九六七年公開。『斜陽のおもかげ』は、映画化に先立って一九六七年五月から二カ月間(月曜―土曜、午前十一時十分から十五分間)、ラジオの文化放送で連続放送劇としても放送された。この連続放送劇の内容や脚本は確認できなかったが、新聞では、「七歳の太宰治の遺児太田治子のイメージを必死に追う吉永小百合の熱演は、涙ぐましいばかりの真剣さ。声優として一人前以上であることをみごとに証明した。この連ドラは、高級品である」(Y・T「ラジオ週評」「読売新聞」一九六七年五月二十二日付)と評価されている。

(3)広告『夕笛』『斜陽のおもかげ』「読売新聞」一九六七年九月二十一日付

(4)奥野健男「はなむけの言葉――太田治子『手記』」「波」一九六七年四月号、新潮社

(5)川端康成「推薦の言葉」(前掲『手記』)。なお、川端による「推薦の言葉」は、本章図10に挙げた

『手記』初版帯の裏表紙側に掲載されている。

（6）豊田正子、ならびに太宰治「女生徒」については、中谷いずみ「「少女」たちの語りのゆくえ――豊田正子『綴方教室』と太宰治「女生徒」」（飯田祐子／島村輝／高橋修／中山昭彦編著『少女少年のポリティクス』所収、青弓社、二〇〇九年→中谷いずみ『その「民衆」とは誰なのか――ジェンダー・階級・アイデンティティ』青弓社、二〇一三年）を参照。

（7）小平麻衣子「文学の危機と〈周辺〉の召喚――女性の執筆行為と太宰治・川端康成の少女幻想の間」「特集　日本文学協会第六十二回大会二日目文学研究の部〈文学〉の黄泉がえり」「日本文学」第五十七巻第四号、日本文学協会、二〇〇八年

（8）藤井淑禎「手記を書く女たち／手記のなかの男たち」「特集〈男性〉という制度――近代日本文学のなかの男性像」「日本文学」第四十一巻第十一号、日本文学協会、一九九二年（→藤井淑禎『純愛の精神誌――昭和三十年代の青春を読む』新潮社、一九九四年）。また、「手記ブーム」を含む高度経済成長期と文学の関係については、石川巧『高度経済成長期の文学』（ひつじ書房、二〇一二年）も参照。

（9）大島みち子／河野実『愛と死をみつめて――ある純愛の記録』大和書房、一九六三年

（10）「娯楽　なんでもやりたい　吉永小百合」「読売新聞」一九六七年九月十八日付

（11）「キネマ旬報」一九六七年十一月上旬号（キネマ旬報社）掲載の「日活続けてトップ――九月四週十月一週の興行街」では、日活の好成績を「今週は日活を除く四社が写真替わり。このうち松竹は岩下の「あかね雲」東宝は木下恵介の「なつかしき笛や太鼓」とそれぞれ話題作、巨匠作が並んだが興行的には両系統とも意外と不振であった。（略）日活は「斜陽のおもかげ」「夕笛」が二週目入りで九日目。にもかかわらず成績は抜群で一万四千六百人を入れた」と伝えている。

(12) 斎藤正治「日活――夕笛を聞き、斜陽のおもかげを知る」(「特集　邦画五社の御健斗全調査」「映画評論」一九六八年一月号、新映画)参照
(13) 本文中に挙げた田山力哉の評以外にも、「脚本に不備があったのか、映画はまだかなりの混乱をとどめている」(「スクリーン特集「斜陽のおもかげ」(日活)」「読売新聞」一九六七年九月二十九日付)という評もある。
(14) 田山力哉「日本映画批評　斜陽のおもかげ」、前掲「キネマ旬報」一九六七年十一月上旬号、七六ページ
(15) 同誌七六ページ
(16) 注(3)に同じ
(17)「映画物語　斜陽のおもかげ　太田治子「手記」より」「近代映画」一九六七年十一月号、近代映画社、一四四ページ
(18) 太田静子の執筆活動については、本書第1章「「斜陽」のざわめく周縁」を参照。
(19) 同前
(20) ここで言う「偽の記事」とは、発行年月日や記事の内容から、女性週刊誌「女性セブン」一九六三年六月十二日号(小学館)に掲載された「〝斜陽〟のモデル・太田静子さんの手記　愛人太宰治の面影を抱いて」と推測される。この記事の詳細については、本書第1章「「斜陽」のざわめく周縁」を参照。
(21) 拙稿「奇妙な二役――太宰治「葉桜と魔笛」と映画「真白き富士の嶺」」「太宰治スタディーズ」第四号、「太宰治スタディーズ」の会、二〇一二年。なお、映画『真白き富士の嶺』(監督：森永健次郎、脚本：須藤勝人、制作：日活、一九六三年公開)は、太宰の「葉桜と魔笛」(「若草」一九三九年四月

号、宝文館）を原作とした日活映画であり、吉永小百合が主役、相手役を浜田光夫が務めた。

（22）根岸泰子「〈基調エッセイ〉女性語りの物語」、山口俊雄編『太宰治をおもしろく読む方法』所収、風媒社、二〇〇六年、九二ページ

［追記］

本章執筆にあたり、早稲田大学坪内博士記念演劇博物館に大変お世話になりました。ここに記してお礼を申し上げます。

第3章　「情死」の物語
――マス〈大衆〉メディア上に構築された〈情死〉のその後

1　「情死報道」と作家イメージ

太宰治が生前、自らのイメージを演出することに対して過剰なまでに意識的だったことは、つとに知られている。彼の第一創作集『晩年』(1)には、紅野謙介が「造本から装幀から太宰の意を尽くしたこの書物は、真っ白な表紙の上にパラフィンをかけ、オビをつけていた。そして巻頭に挿入した肖像写真は、心中未遂とパビナール中毒によってスキャンダラスな余光につつまれた太宰の、いわば葬式写真を演じていた(2)」と指摘するように、イメージ戦略のための徹底した演出が仕掛けられていた。そうした生前に作り上げられたイメージの一方で、太宰の死後、そのイメージはどのように伝播、あるいは編集されていったのだろうか。

周知のとおり、一九四八年六月の情死によって、〈太宰治〉はスキャンダラスな要素が強いアイコンとしてメディアに流通するようになった。こうした情死にまつわる報道や、死後再編された太宰治の〈神話〉については、近年刊行された次の書に詳しい。

「無頼派」を標榜し、ベストセラー「斜陽」によって「斜陽族」といった流行語すら生み出した、戦後文学の寵児の死であるから、それゆえに結果的に報道が過熱したというだけではないのだ。それ以上に、情死報道の衝撃とその広範な反響とに並行して、作家太宰治の神話もまた形成され、再編された側面があるということである。(略)

情死報道の煽情的なスキャンダリズムに対抗する文芸プロパーの論理は、「文学者」対「女性」というジェンダーの枠組を持っていた。山崎富栄が非難されただけではなく、情死報道の消費者としての「女性」というイメージが仮構され、報道を受けて「文学者」を批判する「女性」的言説といったものが想定されることにもなった。(略)

やがて情死報道が沈静化した後〔一九四八、九年以降:引用者注〕、それとともに山崎富栄にかんする言及も、「文学者」対「女性」といったジェンダー図式も、真偽を検証されることがないままに忘却された。いわば文芸ジャーナリズムの側は、みずからが情死報道に対抗してつくり出した山崎富栄イメージやジェンダー図式を封印した。(3)

右に挙げた川崎賢子は「占領期雑誌記事情報データベース」、いわゆる「プランゲ文庫」をもとに、新聞、週刊誌、カストリ系の風俗記事、映画誌、芸能誌、警察などの官庁関係誌、太宰の故郷である青森を中心とした東北・北海道の地方誌などのほか、宗教・哲学思想誌に至るまで丹念に調査しながら、情死報道から派生する太宰と山崎富栄のイメージやジェンダーの枠組みを提示している。また同じく近年、次の座談会でも、情死報道は話題になっていた。

根岸　とにかく私が子供のころ母が言っていたのを覚えているんですが、太田静子さんはものすごくバッシングされたんです。これは書かれた時代がそういう時代だったと言うべきなんでしょうね。特に彼女が小説家志望だったということもあり、お前みたいなカトンボみたいな女が偉大な作家に近づきやがって、といった類のものすごい憎悪の社会的図式ですよね。そういうのは、この時代には強かったと思います。（略）

根岸　酒井さんちょっといいですか？　坪井さんがおっしゃったようなああいうバッシング〔太田静子へのバッシング(4)：引用者注〕のことって何か記憶にありますか？（略）

酒井　山崎富栄の話なんかも〔酒井氏の祖父が：引用者注〕していました。山崎富栄を語るときは、普通に山崎富栄が太宰を殺したんだって言われていましたよね。回想記をみても、そういう書き方をしている人が割といる。太田静子も、同じことなんだなって思った記憶があるんです。晩年にみんなからそういうふうに言われてかわいそうな目に遭う。そんなイメージで山崎富栄の話を聞いた記憶がありますね。

根岸　あとで野原一夫さんの『回想太宰治』などを読んで、山崎富栄が空っぽになるまで太宰治に貢いだって知ってすごく驚いたことがあります。

酒井　リアルタイムの回想記なんか読んでみると、太宰はもう弱り切っていたから、女の山崎富栄の力でも簡単に首を絞めて殺せたんだ、みたいな話があるでしょ。[5]

このように確認してみると、太宰の死後に発生したイメージ、つまり〈太宰治〉を語る際に、情死の問題が大きな影響を与えていたことに気づく。右に引用した二つの発言は、「占領期」と「リアルタイム」という言葉から明らかなように、情死直後となる一九四八年六月の報道から数年間のメディアの反応を示したものである。この「情死報道」は、太宰の死だけを報じるものではなく、「情死」という名が示すとおり、ともに死を選んだ山崎富栄をメディアに連れ出して「山崎富栄にかんする言及」や「ジェンダー図式」をも作り上げたと川崎は指摘し、そしてそれは「忘却」「封印」されたともいう。

もちろん、太宰と山崎富栄に関する情報は、二人の死が報道された一九四八年からその翌年が最も多いのだろうが、二人を取り巻く情報は、むしろ「情死報道」後も脈々と報じられ続け、その結果、のちに詳述するように〈太宰治〉のイメージを時代とともに再編していったのではないだろうか。その一つの例として、以下、本章の検討対象である五〇年代後半の週刊誌ブームを契機に、六〇年代に広範な読者をさらう雑誌メディアを挙げることができる。こうした「情死報道」ののちに構築された言説空間に光を当てた場合、先の二つの発言が示す「情死報道」のありさまは、いわば前哨戦としての「情死報道」とも言いうるだろう。

こうした「情死報道」は、太宰治と山崎富栄の死、あるいは死に至るまでの過程をなぞりあげる

週刊朝日
懐かしの
スクープ劇場
第4弾
太宰治の
愛人の日記を
独占入手
編
愛慕としのびよる死
太宰治に捧げる富栄の日記
「僕の子を産んで
貰いたいなあ!」

図13　「太宰治の愛人の日記を独占入手　編　愛慕としのびよる死　太宰治に捧げる富栄の日記　週刊朝日懐かしのスクープ劇場」。富栄の日記を一挙掲載し、数時間（一説には2時間とも4時間とも言われている）のうちに売り切れた1948年7月4日号の「週刊朝日」は、伝説のように語り継がれ、いまなお取り上げられる。
（出典：「週刊朝日」2007年3月9日号、朝日新聞社）

ようにして、一九四八年七月四日号の「週刊朝日」が十六ページにわたって掲載した富栄の日記[6]を介して、いまなお「日記に描かれていたのは、病に苦しむ太宰の姿と、妻、そしてもう一人の愛人との奇妙な関係に身を焦がす、燃えさかる富栄の情念だった」という説明とともに紹介されていて、日記自体もまた、「太宰治の人物像を知るうえで欠かせない」（「太宰治の愛人の日記を独占入手　編　愛慕としのびよる死　太宰治に捧げる富栄の日記　週刊朝日懐かしのスクープ劇場」「週刊朝日」二〇〇七年三月九日号、朝日新聞社）[7]（図13）と言われている。

〈太宰治〉を語ろうとする際に、同じ場に召喚される〈山崎富栄〉――先の川崎の論や座談会での根岸、酒井の発言、そしてこの「週刊朝日」の記事を見てみると、〈山崎富栄〉を語ることが、「太宰治の人物像」を語ることへと接続している情況があった。前述のように、「情死報道」が一段落したあとも、一九六〇年代に至って活況を呈していた雑誌メディアのなかで〈山崎富栄〉と〈太宰治〉のイメージは発信され続けていた。本章では、そうしたメディア状況のもと、実在の太宰治や山崎富栄を追うのではなく、メディアのなかで表象された〈太宰治〉と〈山崎富栄〉が、どのような関係を雑誌メディア上に構築したのか、六〇年代を中心に、週刊誌、文芸誌などを検討対象として明らかにしたい。

このように〈太宰治〉と〈山崎富栄〉の流通過程を追うのには理由がある。なぜなら、太宰治や彼の周辺人物はいまだにテレビドラマやスクリーンに現れ、その一方でほかの作家に先駆けて文庫のブックジャケットをも一新した。[8] いずれの場合も、そこに映し出されるのはイメージでしかないにもかかわらず、そのイメージは太宰治の小説を手にする読者たちに深く浸透し、そこには少なからず、〈太田静子〉や〈山崎富栄〉が関与しているのだ。もちろん、現在に至るまでのイメージに断続はあるだろうが、そうしたイメージの流通過程の一端を、週刊誌ブームを経てマス（大衆）メディアとなった雑誌から読み取ることが本章の目的である。

2　選び取られた〈物語〉

まず、具体的な論考に入る前に、ここで二つ確認しておきたい。一つはメディアの問題を問うことの意味である。「メディアは〈現実〉を編集・再構成し、〈物語〉として提示する。〈物語〉とは、語り手が語る意義を見出した話である。つまり、メディアの伝えるものは、決して〈現実そのもの〉ではありえない」[9]。だから、〈太宰治〉や〈山崎富栄〉、あるいは情死を話題にする雑誌メディアが、どのような〈物語〉を紡ぎ出そうとしているのか、選び取られた〈物語〉とその意味には十分注意しなければならない。

そしてもう一つ、週刊誌というメディアについても確認しておきたい。周知のとおり、週刊誌は、一九二二年二月創刊の「週刊朝日」（「旬刊朝日」）を起源とする。この「週刊朝日」創刊の翌月には「サンデー毎日」（毎日新聞社）が創刊されるが、週刊誌が隆盛するようになるのは、前節で述べたとおり五〇年代以降である。五〇年代は、まさに週刊誌の創刊ラッシュと呼ぶにふさわしい時代であった。先の「週刊朝日」「サンデー毎日」の二誌のほか、五二年二月に「週刊サンケイ」（産業経済新聞社）、同年七月には「週刊読売」（読売新聞社）、そして翌五三年に「週刊東京」（東京新聞社）というように、大新聞社を母体に持つ週刊誌が次々誕生していくのだが、そうした新聞社系週刊誌が主流を占めるなかで、五六年二月に、新聞社を出版母体としない「週刊新潮」が創刊されるに至るのである。[10]この「週刊新潮」の創刊年が、週刊誌ブームの幕開けの年とも言われているが、もっとも隆盛したのは、『週刊誌五十年』で「週刊誌ブームは昭和三十一年二月に、『週刊新潮』が創刊されたときをもって始まるとする説がある。（略）しかし、実際には昭和三十四年が最も多く創刊され、週刊誌の氾濫となる。『週刊文春』『週刊公論』『朝日ジャーナル』や『週刊平凡』『週刊女性』『女性自身』などが相前後して発刊された。とくに女性向きの週刊誌が、その後も数多く創刊されるようになる」[11]と野村尚吾が指摘するように五九年だという。つまり、ブームの幕開けとなった五六年よりも、五九年以降——本章で検討対象とする六〇年代のほうが、よりマス(大衆)メディアとして機能する雑誌を幅広く見ることが可能なのである。

それでは、実際に情死に関するどのような記事が、週刊誌をはじめとする雑誌に掲載され、〈物語〉を作り上げていったのか、以下に検討したい。

情死に関する記事は、二人の失踪後、話題となっていた富栄の日記を中心にしたものが多い。この富栄の日記と雑誌メディアとの関わりは、前述のとおり、一九四八年七月四日号の「週刊朝日」に始まる。次に挙げる「図書新聞」の記事は、「週刊朝日」が富栄の日記を入手するまでの経緯とメディアが富栄の日記に向けた欲望を、よく示しているだろう。

社内の社会部、学芸部あたりから太宰と心中した山崎富栄の手記があるらしい、という噂が流れ出した。これを聞きこんだ扇谷は、すぐに若いN記者を呼んで
「山崎富栄の日記をとってこい。とれなかったら帰ってくるな」
と命じた。
Nは出掛けた。雨がショボショボと降っていた。Nは山崎家にお焼香をしながら、じっと二日間、張りこんだ。他の新聞社の記者たちは、タンスまであけて富栄の日記を探す、という乱暴狼藉。Nはお焼香するのが、精一杯だった。日記探しにほとんど絶望しかかったNは、山崎家の軒下にションボリたたずんでいた。そこへ、死んだ富栄の姉が通りかかった。Nの顔をみると

「父が富栄の日記を持っています。でも、娘の恥を世間に曝したくはないといって、たぶん出しはしないでしょう。父は間もなく散歩に出ますよ」

といった。

Nは富栄の父が出て来るのを待った。程なく、出てきた富栄の父は、Nの言葉に答えて、娘が太宰と飛びこんだところまで散歩に行く、といった。

「日記は、今晩、焼いてしまうつもりです。とても、あなたに貸すことはできません」

「実は、社で僕の帰りを待ってるんです。手ブラでは帰れませんから、僕もここの水に飛びこんでしまいます」

これは、N記者のいつわりのない本音だった。(略)

「自分の娘はまだしも、よその息子さんまで殺しちゃ勿体ないですから…」

こういって、富栄の日記を貸してくれた。

この日記をみて扇谷は

「全ページ特集だ」

と、これで全誌を埋めてしまった。

(本紙編集部「巷説出版界　「週刊朝日」と扇谷正造　下」「図書新聞」一九五八年十一月八日付)

右の記事にあるように、富栄の日記を手に入れるために「タンスまであけて富栄の日記を探す」「新聞社の記者たち」の姿からは、情死した女のすべてを暴こうとするメディアの貪欲な欲望が見て取れるだろう。こうして、新聞社を中心とする各社が血眼になって手に入れようとし、富栄の父が「焼いてしまうつもり」だった日記は、「週刊朝日」の記者Nに手渡される。そして「週刊朝日」は、「愛慕としのびよる死　太宰治に捧げる富栄の日記」（図14）と題して、他誌がなしえなかった富栄の日記を入手し、編集長の扇谷が指示したとおり「全ページ特集」をおこなうことになったのである。[12]

この一九四八年七月四日号の「週刊朝日」は、誌面の大半を富栄の日記の引用にあて、それ以外は、連日の新聞報道が伝えた太宰の妻・津島美知子の姿をまとめた「計画的な死ではない　嘆きの美知子未亡人は語る」と題した記事、「「斜陽」のモデル」と呼ばれた太田静子へのインタビュー記事「私の云い分　太田静子さん談」、そして、当時「朝日新聞」東京本社学芸部長で、太宰の新聞連載小説「グッド・バイ」の担当だった末常卓郎による「太宰治のこと」で構成されている。[13]そして、一ページ目には、頬

図14　「愛慕としのびよる死　太宰治に捧げる富栄の日記」
（出典：前掲「週刊朝日」1948年7月4日号）

杖をついた太宰のお決まりのポーズと笑顔の富栄の写真を載せ、二人の写真のちょうど真中に富栄直筆の「修治様／私が狂気したら殺して下さい／薬は、青いトランクの中にあります。／十一月三十日　富栄」という富栄の日記の一部が掲載され、富栄を〈死へと誘《いざな》う女〉として誌面に刻みつけていく。その一方で、「週刊朝日」編集部は、二人の写真の横に、富栄の日記を掲載することの意義を「第一に彼女はいま何万という数知れぬ戦争未亡人である。そういう一人のたどったこの途はたとえ主観的には幸福であるとしても社会的には何らの解決をも示すものではない。第二に、太宰文学に流れるニヒルは主として文学上の問題としてのみ論議されるけれども、このような論議の仕方はもう一度検討を要しはしないだろうか。特に若い世代のために。第三に情死の原因は日記によれば、太宰―山崎―太田静子（斜陽のモデル）という複雑な愛情関係に帰するものの如くであり、それは一作家の問題をはなれて、今日のわれわれに古くして新しい愛情の問題を提示している」と述べていて、こうした誌面構成は、わずか数時間で売り切れたという実績と相まって、当時、同業者たちから高い評価を得ることになるのである。それは「週刊新潮」の初代編集長だった草柳大蔵の「これが愛というものを素顔で取り上げる最初のジャーナリズム」「人間論として愛情問題を真正面から取り上げだした(14)」といった回想からもうかがえよう。

しかし、その「愛」が、先のタイトル「愛慕としのびよる死　太宰治に捧げる富栄の日記」が示すように、富栄から太宰へ「捧げ」られたものという〈物語〉に仕上がっているという点には注意しなくてはならない。そうしたタイトルを前に、日記を公開するにあたり「週刊朝日」が示した「戦争未亡人」としての富栄の姿は次第に薄れていき、反対に富栄が日記に書き残した「修治様／

私が狂気したら殺して下さい／薬は、青いトランクの中にあります」という文章とともに、富栄が太宰へ寄せる「愛慕」と「死」だけが大写しになるのだ。

一方、本章の検討対象である一九六〇年代の雑誌は、二人の情死をどのように描いていたのだろうか。「富栄さんがどんな気性の人であったか私は知らない」と言いながらも、「富栄さんはファナティックな人だったかもしれない。太宰との関係を、克明に記録したあの記録がすでに異常である。（略）執念のおそろしくふかい女性で、太宰はその魔力に身動き出来なかったのではなかろうか」と言う亀井勝一郎は、二人の死について「身体が衰弱し、中毒していた太宰に、富栄さんは無理心中を迫った。玉川上水まで来て、ためらう太宰の首に細ひもをまきつけ、そのあとで二人の胴体をひもでむすんで、そのままひきずりこんだのではなかったか」（亀井勝一郎「桜桃忌物語――太宰治の死と死後の十二年」「週刊朝日別冊」一九六〇年七月一日号、朝日新聞社、一二七ページ）と、いわゆる「他殺説」[15]に近い見解を述べている。こうした「他殺説」への疑義は、いち早く相馬正一や村松定孝[16]から提出されていたのだが、狂信的《ファナティック》で執念深い女〈山崎富栄〉のイメージは、情死した女の空白を埋める文壇の、女の内面を覗き見たいという欲望に満ちた言葉によって根付いていってしまった。

ここで注目したいのは、死へと誘う女とはまた別に、富栄の日記をもとに作られる、もう一つの記号化されていく〈山崎富栄〉である。

例えば、一九五〇年代後半に起きた週刊誌ブームを追う形で五〇年代後半から六〇年代にかけて誕生した女性週刊誌は、〈山崎富栄〉を次のように描き出した。「週刊女性」一九六七年六月十日号

（主婦と生活社）は、「この人・この愛・この苦悶22　敗れたときは死ぬときだ[17]」と題した記事のなかで富栄の日記を紹介し、「日記の断片を拾い出しただけでも、富栄の〝せつない〟心の揺れが理解できる」と、「せつな」さを読み取り、「ファナティック」な女というイメージが導き出す「他殺説」に集約されない、もう一人の〈山崎富栄〉の姿を浮上させた。このような〈山崎富栄〉の姿は、「週刊女性」に限らず、ほかの女性週刊誌からも確認できる。「ヤングレディ」一九六八年七月八日号（講談社）は、タイトルだけは「太宰治の死のドラマ」と、太宰の名を冠しているが、記事の各節に設けられた見出しは「もつれて消えた二つの影」「そのひととの劇的な出会い」「ナイフで切り開くように…」〔富栄が「なにか、私の一番弱いところ、真綿でソッと包んでおいたものを、鋭利なナイフで切り開かれたような気持ちがして涙ぐんでしまった」と日記に綴った言葉をもとにしたもの：引用者注〕「死ぬ気でした真実の恋」など、「もつれて消えた二つの影」以外は、富栄に焦点を当てたものになっている。そのため、内容も「自分をかえりみない献身」的姿勢を貫き通した〈山崎富栄〉を描いたものである。このような〈山崎富栄〉の姿は、一九四八年七月四日の「週刊朝日」に引用された、ひたむきな〈山崎富栄〉の姿の延長線上にあると言えるだろう。

　また、記事の主役に太宰ではなく、富栄を設定した雑誌は、女性週刊誌だけに限らない。「主婦と生活」一九六九年六月号（主婦と生活社）に掲載された「情死　壮絶な愛に殉じたこの女性たちの生き方」では、島村抱月と松井須磨子、有島武郎と波多野秋子とともに、太宰治と山崎富栄も取り上げているのだが、タイトルの「この女性たちの生き方」が示すように、太宰の死ではなく「死によってのみ完成した山崎富栄の愛」（見出し）を描いている。

前述のとおり一九四八年七月四日の「週刊朝日」で一挙掲載された富栄の日記は、それからわずか二カ月後の九月、『愛は死と共に』と名付けられて出版され、その翌月には太田静子の『斜陽日記』が同じく石狩書房から刊行された。もちろん、無名の女性にすぎない山崎富栄や太田静子の日記が商品化された原因は、流行作家太宰治と関係があった女性という点に価値が見いだされたからである。いわば、太宰治という作家のネームバリューとスキャンダル性を後ろ盾に日記は出版されたのだが、同時に、日記は富栄へのバッシング――それは作家太宰治を神格化し、守るためのバッシングにほかならない[18]――に利用される材料ともなった。この『愛は死と共に』のカバーに付けられた帯には、「太宰治の愛人山崎富栄の手記」「著者はこの書に導かれ悔なく滅びた。人間の殊に女性の死を恐れぬ「ひたむきな愛欲」はこゝに完全に書き綴られてゐる」（表紙側）、「太宰と彼女が初対面の当夜から死ぬ瞬間までの秘録六巻の全文十万字に解説を付し全国の文化人に贈る」（裏表紙側）と富栄の日記が紹介されている。日記は、「愛欲」「当夜」「秘録」といった、性的な意味合いを含みもつことばで彩られながら、「戦争未亡人」富栄を、得体の知れぬ女という記号のなかに収めていく。その一例を、先の亀井勝一郎の「太宰との関係を、克明に記録したあの記録がすでに異常である」という発言が物語っているだろう。

ここまで、一九六〇年代の雑誌から記事を拾い出したが、「ファナティック」な女として〈山崎富栄〉が形作られる一方で、「週刊女性」や「ヤングレディ」のように「淫蕩。無智。無思慮。相手かまわぬ媚態。悪女のレッテルを貼られ、名声いよいよ高まる太宰文学の中で、彼女はいつも片隅に追いやられていた」（前掲「ヤングレディ」一九六八年七月八日号）富栄の失地回復を目指すような動きが見られ、さらに、「自らの生命さえも賭して愛を求めてやまなかったひとりの女」富栄の「壮烈な生き方」を「あまりにも安直な愛のかたちが多すぎる現代――炎のように激しく、そして愛に殉じたこの女性たちの生き方を、あなたはどう受け止められるだろうか？」（前掲「主婦と生活」一九六九年六月号）というように、「現代」を生きる「あなた」、つまり読者自身の問題として提示するものもあったことに注意したい。また、いわゆるOLを主たる読者とした女性週刊誌「週刊女性」「ヤングレディ」[19]と、「婦人雑誌」と呼ばれる「主婦と生活」[20]ではそれぞれ読者層が異なっているにもかかわらず、相似した情報を読者に発信している点にも留意すべきだろう。これらの記事に多用される「愛」、「せつな」さ、「真実の恋」「献身」「殉じた」といった言葉は、断片化された情報のなかで反復される〈山崎富栄〉を大写しにしていく。繰り返しになるが、この〈山崎富栄〉は、四八年七月四日の「愛慕としのびよる死　太宰治に捧げる富栄の日記」というタイトルが示した、「愛」を「捧げ」た〈山崎富栄〉の拡大バージョンとして捉えられるだろう。そしてこの〈山崎富栄〉への注目こそが、本来、二人の死を意味する情死から、〈山崎富栄〉を中心とした〈物語〉が選び取られたことを意味するのである。

3　「情死」を描く――小島政二郎「山崎富栄」と田辺聖子「実名連載小説」

さて、このような〈山崎富栄〉の〈物語〉が、雑誌メディア上をにぎわせていたとき、作家たちはこの言説空間にどのように参入したのだろうか。引用が長くなるが、以下に小島政二郎「山崎富栄」上・中・下（「中央公論」一九六六年十月号―十二月号、中央公論社）と田辺聖子「実名連載小説第七回　情死行　太宰治と玉川上水に消えた山崎富栄と「斜陽」の女・太田静子の女の決闘」（「ヤングレディ」一九六七年四月三十日号、講談社）、そして、山崎富栄による日記『愛は死と共に』を並べ、作家たちが〈山崎富栄〉をどのように表象したのか検討してみたい。


「サッチャン、行くよ」

「お願い。連れて行って――」

「一緒に行ってくれる？」

「ええ、お願いです、私一人を残さないで――」

「いろいろ世話になったねえ」

「ううん、私こそ――」

「体さえ丈夫であったらなあ。何でもないんだのに――。サッチャン、御免よ」

「いいえ、初めから死ぬ気で恋をしたんですもの。御免だなんておっしゃらないで下さい。あなたに悪いことなんか一つもありませんわ」

　修治さんは可哀想です。神さま、結核なんて病気を――

「君は惜しいよ。君を死なすなんて僕惜しいよ」

「いいえ、あなたこそ私には勿体ないお人です。済みません。御免なさい。御一緒に連れて行って下さいね」

「一緒に死んでくれる？　有難う。富栄、随分苦労掛けたね。あの世というものを、僕は信じないけど、若しあったら、君をもっと大切にするよ。どこへでも連れて歩くよ。可哀想だったなあ」

「ううん、可哀想だなんて――。あなたこそ。あなたのようないい人なんて、もういないのに――。行く日を極めて下さい。用意して置きますから――」

（小島政二郎「山崎富栄〈下〉」「中央公論」一九六六年十二月号、中央公論社、四〇八ページ[21]）


「お願い、つれていって――ね？」

「一緒に行ってくれる？」

「ウン、わたし、ひとりを残しちゃ、いや」

「君を連れてゆくのは惜しいよ。僕には、君を死なすなんてこと、出来ないよ」

「いや。わたしひとり残って生きていけると思う？　あなたこそ、わたしには勿体ないひとだと思ってるの。ごめんなさい、ご一緒に連れていって…」

「一緒に死んでくれる？　ありがとう。…君にはずいぶん苦労かけたね。あの世というものを、僕は信じないけど、もしあったら、君をもっと大切にするよ。どこへでも連れて歩くよ」（略）

「いく日をしらせてね。用意しておきますから」

（前掲「実名連載小説第七回　情死行　太宰治と玉川上水に消えた山崎富栄と「斜陽」の女・太田静

子の女の決闘」一四四―一四五ページ)[22]

「サッちゃん、い(死)くよ。」

「お願ひ、つれていつて――。」

合点されて

「一緒にい(死)つてくれる?。」

「えゝ、お願ひです。わたし独りを残さないで――。」

「いろ〳〵世話になつたねえ。」

「うゝん、私こそ…。」

「そんなこと、そんなこと仰言らないで下さい。私の方こそどんなに御迷惑おかけしたか…」

「体さえ丈夫であつたらなあ、なんでもないんだのに、サッちゃん、ご免よ。」

「いゝえ、はじめから死ぬ気で恋をしたんですもの、ご免だなんて仰言らないで下さい。あなたに、悪いとこなんか一つもありはしませんわ。」

修治さんは可哀相です。神様は、結核なんて病気を――。

「君は惜しいよ。僕には、君を死なすなんて惜しいよ。」

「いゝえ、あなたこそ、私にはもつたいないおひとです。すみません。御免なさい。御一緒につれていつて下さいね。」

「一緒に死んでくれる? ありがたう。とみえ、随分苦労かけたね。あの世といふものを、僕

山崎富栄

「あの方も、自分の一生の仕事にすると言っておいでです。しかし、自分は文壇に野心はない。働きながら、真実に近い富栄さんの一生が書けて、もし幸いどこかへ発表出来たら、それだけで仕合せです。そうおッしゃっています」

「だからと言って、あの人の功を奪うようなことはしたくないな。それに、私が書くとなると、あの人のように調べたり何か出来ないから、あの人の調べたことをゾックリもらって書くことになる。そんなことはいやだ」

伊久江は私がウムと言わないものだから、或日、長篠君を連れてやって来た。そうして彼の口から
「私としては、一人でも多く富栄さんのことを書いて下さる人があれば、喜ばしいと思います。もし先生が書いて下さるなら、喜んで私の手許にある材料を全部提供します」

「いや、私はあなたが興味を持って調べていらっしゃる彼女の生活上の事実については興味がありません。頂戴するとすれば、抄伝だけで十分です。あの中にあなたが語っていらっしゃるテーマだけで結構です。あとは、富栄の日記を自分自身で丹念に読んで見ます」

私は正直にそう言い
「もう一度伺いますが、私があなたの抄伝をタネに富栄のことを書いても本当にいいんですか」

私はそう言って念を押さずにいられなかった。

「いいどころじゃありません」

長篠君は少しの躇いの色もなくそう言ってくれた。なぜ私が人の功を奪うような事をしようと思ったかというと、第一に義憤を感じ

図15　小島政二郎「山崎富栄〈上〉」挿画
（出典：「中央公論」1966年10月号、中央公論社。挿画は田代光が担当）

は信じないけれど、若しあったら、君をもっと大切にするよ。何処へでも連れて歩くよ。可哀相だなあ——。」

「うゝん、可哀相だなんて、あなたこそ。あなたのやうないいひとなんて、もうゐないのに。い(死)く日をきめて下さい。用意しておきますから。」（略）

（前掲『愛は死と共に』一二九―一三〇ページ）

こうして並べてみると、小島政二郎と田辺聖子の叙述が酷似していることがわかる。もちろん、この二編が富栄の日記をもとにしている点を踏まえれば、二編の叙述が酷似しているのは当然のことであり、同じような言葉の羅列にしか見えないだろう。けれども、二編からは〈山崎富栄〉をヒロインとする〈物語〉を希求するメディアの力学も読み取れるはずだ。というのも、小島政二郎が

自らの執筆動機を「第一に義憤を感じたことだ。よくも調べもせずに、人の大事な娘にけちをつけて、ありもしない悪声を放ったことに対する義憤」（「山崎富栄〈上〉」、前掲「中央公論」一九六六年十月号、三三九―三四〇ページ）を感じたためと記すように、二編には、それまでの山崎富栄バッシングとは異なった視点が導入されているのだ。こうした視点の導入は、二編に掲載された挿画と写真からもうかがえる。

図15・16は、ともに山崎富栄の挿画と写真である。富栄を主役に据えた小説に、富栄を描いた挿画や写真が載る。それはごく当然のことで、格別注目すべきことのように思われないかもしれない。

図16　田辺聖子「実名連載小説第7回　情死行　太宰治と玉川上水に消えた山崎富栄と「斜陽」の女・太田静子の女の決闘」
（出典：「ヤングレディ」1967年4月30日号）

だが、本書第1章で述べたように、太宰の死後、〝「斜陽」のその後〟を髣髴させるかのように太田静子が娘治子を抱き寄せた写真が雑誌などに頻出したことを思い出してみるならば、富栄の写真や絵にも、情報の受け手をある一定の方向へ向かわせる作用はあったのではないだろうか。当時、山崎富栄の写真として流通していたのは、太宰と富栄の失踪後に新聞に掲載され、

図17　山崎富栄『愛は死と共に』（石狩書房、1948年）カバー

図18　『愛は死と共に』巻頭に掲げられた「眼鏡をかけた」富栄の写真

あの富栄の日記を一挙掲載した一九四八年七月四日の「週刊朝日」にも掲載された、メガネをかけ、洋装・洋髪の富栄の写真（図14参照）ではなかったか。そして、その富栄の姿には「太宰は眼鏡をかけた女は大きらいだつた。（略）新聞に太宰の写真とともに出た彼女の顔は、彼にとつては出てほしくなかつた顔であろう」（末常卓郎「太宰治のこと」、前掲「週刊朝日」一九四八年七月四日号、七ページ）という挿話が付されていた。この挿話とともに、メガネをかけた富栄の写真は流通したのである。さらに、「太宰」が「大きらいだつた」「眼鏡をかけた女」の写真はこれだけではない。太田静子の『斜陽日記』と立て続けに刊行された『愛は死と共に』（図17）の巻頭に掲載された写真（図18）もまた、「眼鏡をかけた」富栄だったのである。

対して、先に挙げた図15・16の富栄の姿については、小島も「長篠君〔長篠康一郎：引用者注〕が見せてくれた写真の彼女は、眼鏡を掛けていず、余所行きでない日本髪を結って、聡明な目鼻立ちをしていた。（略）虚飾というようなものをすべて洗い流した清楚な雰囲気を持っていた」（前掲「山崎富栄〈上〉」三四〇ページ）と述べている。すなわち、この二編の小説は「眼鏡をかけ」た〈山崎富栄〉ではなく、「日本髪」で「虚飾」のない〈山崎富栄〉を重ね合わせて読むことを期待された小説なのである。

もちろん、先の絵や写真の背後に「事件の記事や写真では男性よりも身体や容貌が強調[23]」される女性という、ジェンダーの問題が透けて見えることも忘れてはならない。死してなお、富栄はその姿を暴露され、情死相手以外の者たちから欲望のまなざしをもって選別される存在だったのだ。このように検討してみると、情死直後のスキャンダル性を問われた段階を経て、一九六〇年代では〈山崎富栄〉の「献身」的な「愛」に「殉じた」生き方が〈物語〉として選ばれ、それに見合う絵や写真とともに〈山崎富栄〉はヒロインへ押し上げられたという構図が見て取れる。そしてもう一つ注意すべきは、ここで哀惜されるのはあくまで〈山崎富栄〉であって、〈太宰治〉ではないということである。はたして〈太宰治〉はどこへいったのか。

4 神話化する作家と山崎富栄の〈物語〉

本章第2、3節で確認したとおり、「情死」に関わる記事や小説の主役は、あくまで〈山崎富栄〉であった。一方、このような状況下で〈太宰治〉はどのように語られたのか、〈太宰治〉を語る場に注目しながら、以下に示してみたい。

「情死」から約三カ月後、石川達三・井上友一郎・林房雄・丹羽文雄・坂口安吾・舟橋聖一らは、「情死論――附情婦論・貞操論」（「文学界」一九四八年十月号、文藝春秋新社）という座談会で、太宰の死について「死に方にはみんな反対」「無責任な死に方」「ダラシがない」（林房雄）、「一種の精神病患者」（丹羽文雄）、「一種のモヒ中毒」（石川達三）と否定的な見解を述べている。これらの発言からは、太宰に対する反発の強度がうかがえるのだが、その後、〈太宰治〉は次のように形成されていった。

太宰治は、社会や人に対する違和感、自分ひとり変わっているという不安、欠如感覚を一生涯ごまかさず、かえってそれを深めていった。多くの青年が、二十歳前後の人格形成期に出会う純粋さ、正義心、妥協を許さぬ生き方、献身、愛、真実、美しさ、悩み、不安を一生涯持ちこたえた。それが、若い人々の魂に共感を与える。

（奥野健男「見せ物化した「桜桃忌」――変質した太宰ブーム」「週刊読売」一九六七年七月七日号、読売新聞社、三五ページ）

右は、太宰の死の翌年一九四九年から井伏鱒二・亀井勝一郎・河上徹太郎らによって太宰を偲ぶ会として開催されていた桜桃忌が、若い太宰ファンを迎えて「桜桃祭」に変質しつつあるさまを語ったものである。桜桃忌の盛況ぶりと太宰人気を検証する記事は、例年六月の桜桃忌を終えたあと、雑誌に記事化されることが多く、同様の捉え方は「太宰の文学がこうも若い人たちの間に人気を呼ぶのはなぜだろうか」との問いに「純粋な弱さ」「純粋を求めるこころ」との回答を示した記事（無署名「死後二十年〝弱虫文学〟がなぜ受ける――漱石に迫った太宰治の人気」「サンデー毎日」一九六八年七月七日号、毎日新聞社）にも見られる。と同時に、太宰人気の要因である「純粋」さや「弱さ」は、次のような時代の要求とも結び付いていく。

「太宰ファンは、六〇年安保の挫折あたりから、ふえてきています。（略）僕は、デモに参加する若い人たちと、桜桃忌にくる人たちがずいぶんかさなっていると思いますよ。六〇年の時なんか、私も桜桃忌にいきましたけど、会場で、『議長！質問！』なんて声がとんだりしてね。（略）」「この前、渋谷のハチ公のところで、学生運動家をみたけれど、彼らの表情、眼の色なんか、（太宰と）共通するものがあった。やっぱり純粋にやってるんだなって思いましたよ。」（「今年もまた押すな押すなの桜桃忌――キミにとって〈太宰治〉とは何か？」「週刊プレイボーイ」一九七一年七月六日号、集英社、一七六―一七七ページ。発言は順に奥野健男、山岸外史）

記事のなかで強調される「純粋」さや「弱さ」は、いわゆる政治の季節と結び付いて「学生運動家」と〈太宰治〉を二重写しにする。このような〈太宰治〉を語る場に、先の「情死論」で確認した太宰への反発は見られない。それぱかりか、太宰の死の是非も問われない。流行作家・太宰治と無名女性の情死は、その女性・富栄の日記の発見、そして日記の商品化によって〈山崎富栄〉バッシングを生み出した。その後、バッシングは本章第2、3節で検討したように〈山崎富栄〉を主役とする〈物語〉へと変貌する。そこでの中心的話題は、〈山崎富栄〉の死であって〈太宰治〉は単なる脇役でしかない。一見すると、この〈山崎富栄〉を主役に据えた〈物語〉は、小島政二郎の言のとおり「他殺説」まで挙げられた彼女の失地回復のようにも思える。確かに〈山崎富栄〉は、これまで確認してきたように、バッシングを経て女性週刊誌を中心に「愛」を伝える「献身」的ヒロインとして実に巧妙に描かれていた。が、しかし、その「献身」的ヒロインは、結局は一人で情死を再現し、〈太宰治〉を免責してしまうヒロインでもあった。一九六〇年代、雑誌メディアのなかで語られるヒロインとしての〈山崎富栄〉とは、〈情死〉の責を一人で負う記号でもあったのである。その一方、〈山崎富栄〉が〈情死〉の責を負うことで免責された〈太宰治〉は、いま確認したように学生運動との連動によって「純粋」で「弱」い〈太宰治〉として浮上していく。すなわち、〈情死〉という本来二人の死を意味するものが、〈山崎富栄〉一人だけの〈物語〉として完結していくとき、〈太宰治〉は時代と結び付きながらその作家神話を拡大・再生産していったのであった。

注

(1) 太宰治『晩年』砂子屋書房、一九三六年

(2) 紅野謙介『書物の近代――メディアの文学史』(ちくまライブラリー)、筑摩書房、一九九二年(↓紅野謙介『書物の近代――メディアの文学史』〔ちくま学芸文庫〕、筑摩書房、一九九九年、一八二ペ

ージ）

（3）川崎賢子「太宰治の情死報道――プランゲ文庫資料とその周辺から」、山本武利責任編集『新聞・雑誌・出版』（「叢書現代のメディアとジャーナリズム」第五巻）所収、ミネルヴァ書房、二〇〇五年、一一四―一三五ページ

（4）太田静子へのバッシングの詳細は、本書第1章「「斜陽」のざわめく周縁」を参照。

（5）「セクション2　女性一人称語り　ディスカッション」、前掲『太宰治をおもしろく読む方法』所収、一〇一―一〇四ページ。なお、この座談会は、山口俊雄（司会）、酒井敏、坪井秀人、永井博、二瓶浩明、根岸泰子、古川裕佳、光石亜由美、米村みゆきによる。

（6）山崎富栄の日記については、拙稿「追悼文を読む――「朝日新聞」社系ジャーナリズム」（「太宰治スタディーズ」第二号、「太宰治スタディーズ」の会、二〇〇八年）を参照。

（7）引用記事は、「週刊朝日」一九四八年七月四日号に掲載された山崎富栄の日記を同誌の創刊八十五周年を記念して再編集したもの。なお、「週刊朝日」一九四八年七月四日号は、「週刊朝日」八十五周年記念増刊「週刊朝日が報じた昭和の大事件」の「昭和二十一―三十年」の「大事件」にも取り上げられている（「昭和二十一―三十年」に挙げられたほかの「大事件」は「憲法公布」「下山事件」「朝鮮戦争」）。こうしたことからも、「週刊朝日」にとって富栄の日記を掲載した一九四八年七月四日号が記念碑的な号だったことがわかる。

（8）例えば豊川悦司主演のドラマ『太宰治物語』（演出：平野俊一、脚本：田中晶子、TBS系、二〇〇五年）などがあり、また、集英社文庫版『人間失格』の装幀を、「DEATH NOTE」を描いた漫画家小畑健が、二〇〇七年から〇八年にかけて期間限定で担当したことも話題になった。この集英社文庫版の『人間失格』は「二一万部を超えるヒット」（「コミックみたいな名作　ヒット狙い新装版文

庫」「朝日新聞」二〇〇八年七月四日付夕刊）という成果を生み出した。なお、ドラマ『太宰治物語』や集英社文庫版『人間失格』の装幀など、近年の太宰治受容については、拙稿「リパッケージされる太宰治」（安藤宏編著『展望太宰治』所収、ぎょうせい、二〇〇九年六月）に詳しい。

（9）高橋圭子「『クローズアップ現代』の〈物語〉——メディア・テクストの批判的分析」、三宅和子／岡本能里子／佐藤彰編『メディアとことば2　組み込まれるオーディエンス』所収、ひつじ書房、二〇〇五年

（10）週刊誌については、本文中に引用した『週刊誌五十年』のほか『週刊誌——その新しい知識形態』（週刊誌研究会編、〔三一新書〕、三一書房、一九五八年）も参照。

（11）野村尚吾『週刊誌五十年——サンデー毎日の歩み』毎日新聞社、一九七三年、三二〇ページ

（12）山崎富栄の日記掲載までの経緯は、本文中に引用した「巷説出版界　「週刊朝日」と扇谷正造下」のほかに、扇谷正造／草柳大蔵「巻末対談　記者が体当たりした「素顔の時代」」（『「週刊朝日」の昭和史——事件・人物・世相』第二巻所収、朝日新聞社、一九八九年）にも詳しい。

（13）こうした一つの特集で一冊の雑誌の全ページを埋めた扇谷の手法は、『「週刊朝日」の昭和史——事件・人物・世相』第二巻（朝日新聞社、一九八九年、四七四ページ）によればJ・ハーシーの「ヒロシマ」（「ニューヨーカー」一九四六年八月三十一日付）を「週刊朝日」編集長だった扇谷正造が意識したものだったという。なお注（12）（13）については前掲拙稿「追悼文を読む」を参照していただければ幸いである。

（14）前掲「巻末対談　記者が体当たりした「素顔の時代」」四七九ページ

（15）三枝康高『太宰治とその生涯』（現代社、一九五八年）参照。

（16）相馬正一「太宰治情死事件の謎」（學燈社編「國文學　解釈と教材の研究」一九六三年十二月号、

學燈社）と村松定孝「文壇ゴシップ史第六回　死とその認定——太宰治他殺説をめぐって」（至文堂編「国文学——解釈と鑑賞」一九六五年五月号、至文堂）を参照。村松定孝は、「富栄によって太宰が殺されたといいきる科学的根拠は？　やはり、これはわれわれのそうありたいという感情にとどめておいたほうが妥当ではないのか。そうでなければ富栄の一族に対しても気の毒な印象を与えはすまいかと私は考える」（二二三ページ）と述べている。

(17)「この人・この愛・この苦悶」は、「週刊女性」が一九六七年一月一日号から同年七月八日号まで、全二十六回連載したシリーズである。二十六回のシリーズ中、十六回は近現代文学に関係する人物が描かれていて、山崎富栄と太宰にかぎらず、近現代文学が女性週刊誌のなかでどのように物語化されて消費されていったのか、その関係を示す資料としても有益と思われる。以下に十六作の登場人物とタイトルを挙げてみたい。連載第一回は高村光太郎と智恵子（「私には智恵子がある」一九六七年一月一日号。以下、カッコ内にタイトルと発行年月日を示す）、第三回は有島武郎と波多野秋子（「それでも、愛は惜しみなく奪う」一九六七年一月二十一日号）、第四回は与謝野晶子と鉄幹（「やわ肌のあつき血潮の恋に生きて」一九六七年一月二十八日号）、第五回は石川啄木と節子（「歌は私の悲しき玩具であった」一九六七年二月四日号）、第六回は樋口一葉と半井桃水（「恐ろしきは涙のあとの女心なり」一九六七年二月十一日号）、第八回は島崎藤村と姪の「節子〔姪は当時存命中のため仮名で掲載されている：引用者注〕」（「私は許されぬ愛を懺悔しなければならない」一九六七年二月二十五日号）、第十一回は北原白秋と松下俊子（「人妻ゆえに、人の道汚し果てたる我なれば」一九六七年三月十八日号）、第十二回は佐藤春夫と千代、そして谷崎潤一郎（「あはれ　秋かぜよ　情あらば伝へてよ」一九六七年三月二十五日号）、第十三回は九条武子と夫の良致（「孤閨十年、ひとりの吾は悲しかりけり」一九六七年四月一・八日合併号）、第十五回は林芙美子（「私は宿命的な放浪者なのか」一九六七年四月二十二日）、第十八回は芥川龍之介（「芥川龍之介！お前は風に吹かれている葦だ」一九六七年五月十三日号）、第二十回は萩原朔太郎と最初の妻・稲子、二度目の妻・美津子（「夕闇せまれば悩みは果てなく」一九六七年五月二十七日号）、第二十二回は太宰治と山崎富栄（「敗れたときは死ぬときだ」一九六七年六月十日）、第二十三回は岡本かの子と一平（「われよあまりにわれを責むるなかれ」一九六七年六月十七日号）、第二十五回は松井須磨子と島村抱月（「野辺の草葉の白露と消えるはかない恋の末」一九六七年七月一日号）、第二十六回は中原中也と長谷川泰子、小林秀雄（「汚れちまった悲しみに今日も小雪の降りかかる」一九六七年七月八日号）。

（18）前掲「太宰治の情死報道」には、「皮肉なことに、以後は、山崎富栄批判が、山崎富栄日記の記述を根拠に展開されるということにもなった」という指摘があり、示唆を受けた。

（19）「週刊女性」は一九五七年二月に河出書房から創刊された女性週刊誌である。ただし、河出書房の経営悪化によって同年八月には主婦と生活社に出版社が移った。もう一方の「ヤングレディ」は、一九六三年九月から八七年まで講談社が発行した女性週刊誌（のちに隔週刊）である（亀井淳『週刊誌の読み方』話の特集、一九八五年）。これらは、週刊誌ブームのあとを追い、〈ミッチーブーム〉と前後する頃に創刊された四大女性週刊誌（「週刊女性」「女性自身」「女性セブン」「ヤングレディ」）のなかの二誌であり、いずれも、いわゆる〈BG〉〈OL〉を主要読者としていた。なお、「ヤングレディ」については、本書第4章を参照。

（20）「主婦と生活」は一九四六年五月から九三年三月まで主婦と生活社が発行した月刊婦人雑誌。

（21）小説「山崎富栄」は一九六六年十月から十二月まで「中央公論」（中央公論社）に連載され、のちに『妻が娘になる時』（小島政二郎、中央公論社、一九七〇年）に収録された。「山崎富栄〈上〉」によれば、富栄のいとこにあたる女性と家族ぐるみの付き合いのあった小島が、その女性から長篠康一郎を紹介され、長篠の承諾を得たうえで長篠の「山崎富栄抄伝」（これは『山崎富栄の生涯　太宰治・その死と真実』〔大光社、一九六七年〕に収録されたものを指すか）と富栄の日記をもとに執筆したという。

（22）「実名連載小説　禁じられた恋に生きた女たち」は、一九六七年三月二十日号から同年五月二十二日号まで全十回「ヤングレディ」に連載された一回読み切り形式の小説である。「連載小説」と名付けられているものの、各回執筆者とテーマが異なっていて、全題名と執筆者は以下のとおり（以下、カッコ内に執筆者と発表年月日を示す）。①「貴族と富豪を捨て第三の結婚へと走った　悩み多き情熱の女・柳原白蓮の一生」（三宅艶子、一九六七年三月二十日号）、②「軽井沢心中――作家・有島武郎との不倫の恋に滅んだ美しく誇り高い女・波多野秋子」（永井路子、一九六七年三月二十七日号）、③「柔肌の恋――恋の哀歓を生涯うたいぬいた炎の歌人・与謝野晶子」（杉本苑子、一九六七年三月三十一日号）、④「美貌の遍歴　妻子を捨てた世界的学者と子どもを捨てた女流歌人・原阿佐緒の激情の恋の終わりは……」（小糸のぶ、一九六七年四月十日号）、⑤「ああ、天城心中　高貴な血のゆえに死をもって愛を実らせなければならなかった愛新覚羅慧生の悲劇」（安西篤子、一九六七年四月十七日号）、⑥「須磨子無惨　島村抱月の命日にあと追い心中した新劇の女王・松井須磨子の悲劇」（田中澄江、一九六七年四月二十四日号）、⑦「情死行　太宰治と玉川上水に消えた山崎富栄と「斜陽」の女・太田静子の女の決闘」（田辺聖子、一九六七年四月三十日号）、⑧「老いらくの恋　京大教授夫人が三人の子を残して老歌人・川田順との恋をつらぬくまで」（由起しげ子、一九六七年五月八日号）、⑨「炎のような女　男性遍歴を自分の生命の糧に奔放な二十八年を生きた伊藤野枝の生涯」（池田みち子、一九六七年五月十五日号）、⑩「法燈の恋　中宮寺門跡の座を捨てて十六歳年下の学生との真実の恋をつらぬいた平松陽子（一條尊昭尼）」（新章文子、一九六七年五月二十二日号）。なお、「実名連載小説　禁じられた恋に生きた女たち」については、本書第4章を参照。

(23) 田中和子／諸橋泰樹編『ジェンダーからみた新聞のうら・おもて——新聞女性学入門』現代書館、一九九六年、一三ページ

第2部

スキャンダルを連載する——〈女〉を語る

第4章　「禁じられた恋」のゆくえ
――女性週刊誌「ヤングレディ」に掲載された「実名連載小説」をめぐって

ここまで、第1部では作家太宰治と関係のあった二人の女性、太田静子と山崎富栄が、一九四八年六月の「情死」以降どのように表象されたのか、彼女たちを写し出した写真や週刊誌、女性週刊誌などのメディアをもとに分析した。太田静子については、「斜陽」をめぐる静子とメディアや文壇の一部との攻防から彼女を取り巻くテクスチュアル・ハラスメントの様相やミソジニーの構図を拾い上げ、山崎富栄については、情死直後から言われていた「ファナティック」な女という典型的な悪女表象とは別に、一九五〇年代後半頃から流通し始めた献身的な姿が、一見すると富栄の失地回復のように見えるものの、結果的に「情死」の物語のヒロインを作り上げてしまったことを明らかにした。

このようなメディアによるイメージ付けを踏まえ、第2部では検討対象を一九五〇年代後半から発展期となった七〇年代前半の女性週刊誌に絞って、女性週刊誌が表象する文学スキャンダルの渦中の女たちについて検討したい。出版社系週刊誌の草分けである五六年の「週刊新潮」の創刊と、それに続く週刊誌の創刊ラッシュは〈週刊誌ブーム〉を生み出し、翌年、初の女性週刊誌「週刊女性」を誕生させるに至った。さらに、〈BG〉や〈OL〉と呼ばれた未婚の女性会社員を主要読者に抱える女性週刊誌は、五八年の皇太子妃の決定と翌年の〈ご成婚〉という一大イベント、その主役である〈ミッチー〉を追うことで飛躍的な発展を遂げていく。第2部では〈女性のための週刊誌〉として出発した女性週刊誌が、文学スキャンダルの渦中の女たちをどのように描き出し、誌面にその姿を刻み付けたのか考察したい。女性週刊誌は、高度経済成長期に創出された〈BG〉や〈OL〉たちの圧倒的な支持を受けた新しいメディアであった。周知のとおり、女性週刊誌は、これまで文学研究の分野ではあまり取り上げられることがなかったメディアだが、女性週刊誌と文学の関係は思いのほか深く絡み合っている。女性週刊誌は、文学スキャンダルをどのように報じたのだろうか。

1　女性週刊誌という「夢」

いまから九年ほど前、二〇〇五年十一月に東宝から公開された映画『ALWAYS三丁目の夕日』(1)の大ヒットは、「昭和三十年代」という時代を各所で特集する契機となった。(2)そうした特集は往々にして、団塊の世代と呼ばれる、「昭和三十年代」関連商品最大の消費者に向けて発せられ、「昭和三十年代」をノスタルジックに回想しながら、「夢」の空間として提示してみせていた。例えば雑誌「東京人」二〇〇六年八月号（都市出版）は、「昭和三十年代、東京　誰もが夢を持っていた時代」という特集を組み、青島幸男は「テレビ／テレビは遊び道具だった――何でもできた黎明期、「おとなの漫画」「シャボン玉」の頃」と題したインタビューに、そして、ナベプロ（渡辺プロダクション）の渡邊美佐が「芸能／日本のエンターテインメントが、この夫婦のもとに花開いた」と題したインタビューに応じている。本章の検討対象である女性週刊誌というメディアもまた、「昭和三十年代」を振り返る「夢」とノスタルジックのなかで語られたものの一つと言えるだろう。「東京人」の特集は、女性週刊誌についても次のように取り上げていた。

通勤途中の女性たちが手にする雑誌。それまでの日本の婦人雑誌と大きく異なるのは、女性のための雑誌が町に飛び出したことだった。（略）

三十八年、BGに代わる「OL」という言葉を誕生させたのが櫻井さんだった。「「ビジネス・ガール」では補助的な仕事をする女性というイメージ。これを変えたかった。読者に投票を呼びかける形で、私が「OL」、『オフィス・レディ』という新語を作ったのです。この呼称によって、女性たちの働く意識をより明確にしたという自負はあります(3)」

右は、「昭和三十年代」に女性週刊誌のなかで「ダントツの売り上げ」を誇っていた「女性自身」（図19）を、さらに「発行部数七十万部から百四十七万部にまで押し上げた辣腕」（前掲「東京人」二〇〇六年八月号）編集長として名高い「女性自身」三代目編集長・櫻井秀勲へのインタビュー記事である。「オフィス・レディ」――「ＯＬ」という呼称を世に流通させたのが「女性自身」であることは周知のとおりだが、いま少しこの記事に注目してみたい。記事には、昭和「三十八年」（一九六三年）にそれまでの「ビジネス・ガール」「ＢＧ」を「オフィス・レディ」「ＯＬ」という呼称に変えた際の経緯についても、「読者に投票を呼びかける形で」「ＯＬ」という新語を生み出し、「女性たちの働く意識をより明確にした」と記されている。

確かに当時の「女性自身」を確認してみると、「LADIES OWN 第四回　女性自身世論調査〝オフィス・レディ〟（略称Ｏ・Ｌ）が第一位[4]」という見出しのもと、読者からの投書と全国主要都市での「街頭座談会」によって読者の「ナマの声」を聞いた結果、投票総数二万六千四百八十一票のうち「オフィス・レディ」が四千二百五十六票を獲得して一位に選ばれている。このような女性週刊誌の活発な動きには、相次いで女性週刊誌が創刊された「昭和三十年代」という時代が大きく影

図19　「女性自身」創刊号表紙（1958年12月12日号、光文社）。当時の「女性自身」をはじめとする女性週刊誌は、ファッション誌の役割も担っていた

図20　女性週刊誌の隆盛を示す「女性自身」の広告。ファッションアイコンとしての「女性自身」を表現している
（出典：「朝日新聞」1969年5月2日付）

響しているだろう。また、石田あゆうが「各出版社が女性向けの週刊誌を登場させたのも昭和三〇年代である。昭和三二年の『週刊女性』（主婦と生活社）創刊を皮切りに、昭和三三年に『週刊女性自身』（光文社、以後『女性自身』と表記）、昭和三八年に『女性セブン』（小学館）、『ヤングレディ』（講談社）が登場した。これら女性週刊誌の誌面をみればわかることだが、そのどれもが「若い女性」を意識していた」[5]と指摘するように、女性週刊誌の創刊ラッシュのなかで、これまで読者として見いだされることがなかった「若い女性」が「発見」されたことも見逃せない（図20）。そしてもう一つ、皇太子妃の決定から〈ご成婚〉へという〈ミッチーブーム〉が女性週刊誌の創刊・発展に大きく貢献していた[6]。こうした女性週刊誌をめぐる活発な動きを受けて、それまで『出版年鑑』の「週刊雑誌」の項目に週刊誌の種類の一つとして記載されていたにすぎなかった女性週刊誌は、一九六六年には「女性週刊誌」と独立して項目化[7]されたのである。

このような女性週刊誌の動きを確認したうえで、一九六七年、四大女性週刊誌と呼ばれた「週刊女性」「女性自身」「女性セブン」「ヤングレディ」の一つ、「ヤングレディ」に掲載された「実名連載小説　禁じられた恋に生きた女たち」に光を当てたい。「実名連載小説　禁じられた恋に生きた女たち」（以下、「実名連載小説」と略記）は、全十回読み切り形式の連載小説である。第一回は六七年二月に死去した柳原白蓮、以降も有島武郎と心中した波多野秋子、石原純との恋愛が取り沙汰された原阿佐緒、島村抱月の死後に自殺した松井須磨子、太宰治と心中した山崎富栄、大杉栄とともに惨殺された伊藤野枝というように、小説化された十人の大半が何らかのかたちで文学に関係した女性である。

そこで本章では、創刊ラッシュのあとに出版界で一ジャンルとして認知され、飛躍的な発展を遂げた女性週刊誌が、こうした女性たちをどのように描いたのか、「実名連載小説」をもとに考察していく。当時の女性週刊誌は、現在目にする女性週刊誌とは異なり、芸能・皇室記事とともに右に挙げたような人物たちの記事も折に触れ掲載していた。(8)なかでも「ヤングレディ」はそれを「小説」として連載したのだが、この「実名連載小説」に描かれた女性たちが、女性週刊誌というメディアのなかでどのような意味を持っていたのか検討する。当時の女性週刊誌の読者は、「大体二十才から二十五才までが五〇％以上を占めており職業的にはBGが四〇％以上、学歴では高校在学高卒程度の読者が七〇％近く(9)」だったのだが、こうした読者たちに向けて、「実名連載小説(10)」の「女たち」はどのように描かれたのだろうか。従来、女性週刊誌と文学に関わった女性の問題が取り上げられることは、ほとんどなかったが、当時の女性週刊誌が何を優先し、どのような〈像〉を読者に形成・伝播したのか、「ヤングレディ」を手がかりにその表象のありさまを検討してみたい。

2 「ヤングレディ」と「実名連載小説　禁じられた恋に生きた女たち」

「ヤングレディ」（図21）は一九六三年九月に講談社から創刊、八七年三月に終刊した女性週刊誌である。五〇年代末から創刊された女性週刊誌のなかでは、最も早く創刊した「週刊女性」（一九五七年創刊）から六年後発に位置するものの、六二年に「講談倶楽部」「少年倶楽部」「少女倶楽部」を相次いで終刊し、新しい主役を探していた講談社にとって、「ヤングレディ」はまさに「秘蔵の新企画」[11]であった。このように講談社の肝煎りで創刊された「ヤングレディ」は、創刊号（一九六三年九月二十三日号）の巻頭に「ヤングレディはみなさまといっしょにつくる週刊誌です」と趣旨を掲げ、「社外記者」と呼ばれる読者二百人を募って、期間限定ではあるが編集に参加させてもいた。[12]この「ヤングレディ」の姿勢は、『「ヤングレディ」』と『女性自身』はライバル誌だが、講談社と光文社は同系列[13]」というように、競合誌であっても社として考えた場合に「同系列」だった「女性自身」に類似していると言えるだろう。ここで言う類似とは、先の「女性自身」の記事にあるように、読者の「ナマの声」を取り入れた雑誌作りを目指していたことを指す。これは当時の四大女性週刊誌の共通点でもあるのだが、この姿勢には注目しておきたい。

その「ヤングレディ」に掲載された「実名連載小説　禁じられた恋に生きた女たち」は、一九六七年三月二十日号から五月二十二日号まで、約二カ月間連載された企画だった。以下、「女たち」がどのような題名や写真とともに掲載されたのか、図22から31まで、全十回の一ページ目と執筆者および題名を示す。

図22から31まで、全十回に及ぶこうした「実名連載小説」掲載の背景には、当時の文学シーンでの実名小説への注目が関係している。例えば河上徹太郎は、「実名小説論――文芸時評（三）」（「新潮」一九六五年八月号、新潮社）で「瀬戸内晴美さんの「かの子撩乱」が本になつて出たので、読んでみた。この頃はかういつた実名小説がよく出る。小説でなく評伝といつた形の人物論もかなり見かけるが、この二つのジャンルが結局形の上で似たものであることも最近の傾向である」と述べていて、その瀬戸内晴美が一九六六年には伊藤野枝を描いた『美は乱調にあり』（文藝春秋）を出版したこともあって、実名小説は同時代の文壇トピックの一つとなっていた。

図21　「ヤングレディ」創刊号（1963年9月23日号、講談社）表紙

しかし、当時の文壇トピックを女性週刊誌に導入したこと以

実名連載小説　第1回

貴族と富豪を捨て第三の結婚へと走った
悩み多き情熱の女《ひと》・柳原白蓮の一生
＝三宅艶子

近代日本の女性史に名をとどめる、禁断の恋をつらぬきとおして生きた幾人かの女人群像を、女流作家の目で描ききった実名小説――連載第一回は、さきごろ八十歳の生涯を閉じた"大正時代のノラ"柳原白蓮の波乱多き一生――

図22　三宅艶子「第1回　貴族と富豪を捨て第三の結婚へと走った　悩み多き情熱の女・柳原白蓮の一生」「ヤングレディ」1967年3月20日号

実名連載小説　第2回

軽井沢心中
――作家・有島武郎との不倫の恋に滅んだ美しく誇り高い女・波多野秋子――
永井路子

はためには、激情の恋に殉じたかに見えた文豪と婦人編集者の情死――が、二つの死体のあいだを冷たい嵐が吹き荒れていた。二人が死をえらび取ろうとした意図ははなはだしくへだたっていて、埋めようがなかったからだ……。

図23　永井路子「第2回　軽井沢心中――作家・有島武郎との不倫の恋に滅んだ美しく誇り高い女・波多野秋子」「ヤングレディ」1967年3月27日号

上に注目したいのは、「実名連載小説」全十回の挑発的な題名が喚起させる、読みのベクトルである。連載第一回「貴族と富豪を捨て第三の結婚へと走った　悩み多き情熱の女・柳原白蓮の一生」（一九六七年三月二十日号）の冒頭には、「近代日本の女性史に名をとどめる、禁断の恋をつらぬきとおして生きた幾人かの女人群像を、女流作家の目で描ききった実名小説」と、「実名連載小説」全体の企画意図が示されていた。けれども、その内容が「近代日本の女性史に名をとどめる」女性たちへの評価とは、全く逆の

実名連載小説 第3回

柔肌の恋

——恋の哀歓を生涯うたいぬいた炎の歌人・與謝野晶子——

杉本苑子

最初に恋がたきの山川登美子を追い落とし、つぎに、正妻の滝野を生まれたばかりの子どもとともに“妻の座”から追って、鉄幹の妻となった晶子——やは肌の熱き血汐にふれもみで……の歌どおりの灼熱の恋に生きた女だった。

図24 杉本苑子「第3回 柔肌の恋——恋の哀歓を生涯うたいぬいた炎の歌人・與謝野晶子」「ヤングレディ」1967年3月31日号

実名連載小説 第4回

美貌の遍歴

妻子を捨てた世界的学者と子どもを捨てた女流歌人・原阿佐緒の激情の恋の終わりは……

小糸のぶ

原阿佐緒というのは、「事件記者」で活躍した俳優・原保美の実母である。美貌の歌人として名をはせ、その美貌ゆえにかえって不幸な宿命に前半生をもてあそばれた。通り魔のような過失、みのらなかった結婚生活、そして……

図25 小糸のぶ「第4回 美貌の遍歴——妻子を捨てた世界的学者と子どもを捨てた女流歌人・原阿佐緒の激情の恋の終わりは……」「ヤングレディ」1967年4月10日号

方向を指し示していることは、個々の小説を読むまでもなく、既に図22から図31に示したように、題名の段階で明らかである。連載第一回に取り上げられた柳原白蓮は、連載のわずか一カ月前にあたる一九六七年二月二十二日に八十歳で死去していて、死後の目玉企画だった夫・宮崎龍介による手記「柳原白蓮との半世紀」(「文藝春秋」一九六七年六月号、文藝春秋)に先駆けて「実名連載小説」で小説化されたことになる。

こうした白蓮の〈扱い方〉からも、スキャンダルジャ

図26　安西篤子「第5回　ああ、天城山心中　高貴な血のゆえに死をもって愛を実らせなければならなかった愛新覚羅慧生の悲劇」「ヤングレディ」1967年4月17日号

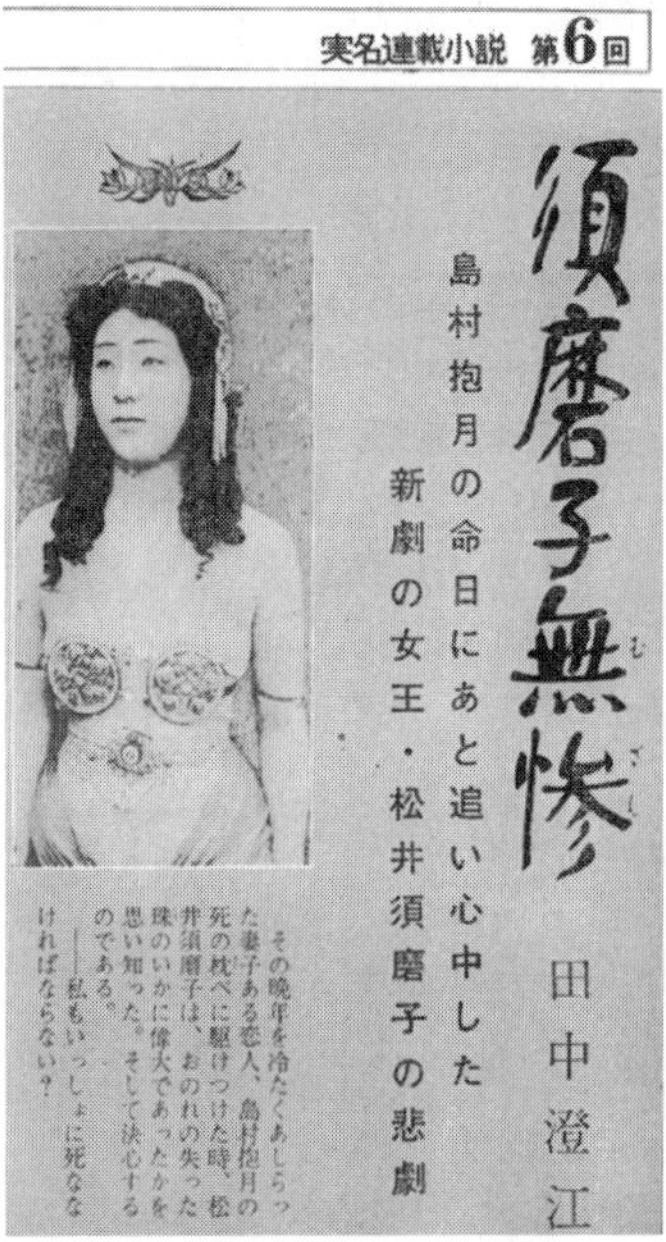

図27　田中澄江「第6回　須磨子無惨　島村抱月の命日にあと追い心中した新劇の女王・松井須磨子の悲劇」「ヤングレディ」1967年4月24日号

ーナリズムを背景に大量消費される週刊誌というメディアが見つけた格好の〈ネタ〉としての白蓮が浮かび上がるだろう。

題名に示された「女たち」は、「貴族と富豪を捨て」た女（柳原白蓮）、「不倫の恋に滅んだ」女（波多野秋子）、「子どもを捨てた」女（原阿佐緒）、「あと追い心中」した「無惨」な女（松井須磨子）、「情死」した女（山崎富栄）、「男性遍歴」を「糧」にした女（伊藤野枝）というように、いずれも煽情的な言辞で負の烙印を押された「女たち」であり、これらの題名が実名小

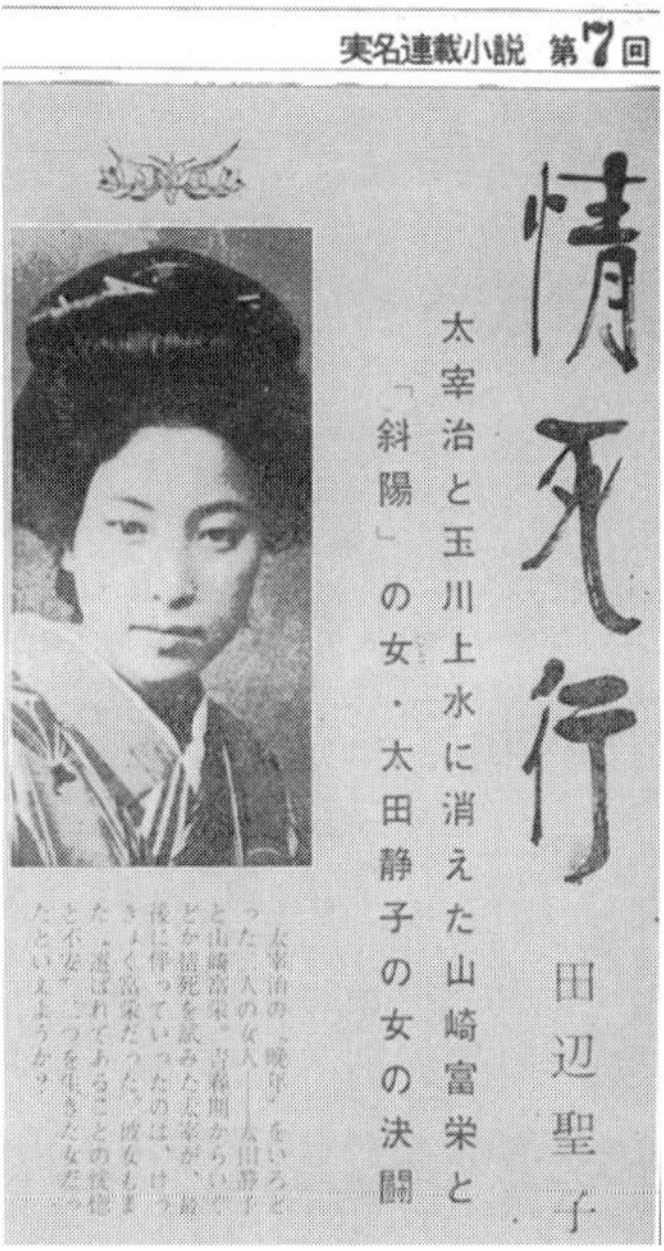

図28　田辺聖子「第7回　情死行　太宰治と玉川上水に消えた山崎富栄と「斜陽」の女・太田静子の女の決闘」「ヤングレディ」1967年4月30日号

図29　由起しげ子「第8回　老いらくの恋　京大教授夫人が三人の子を残して老歌人・川田順との恋をつらぬくまで」「ヤングレディ」1967年5月8日号

説の枠組みを形作っているのだ。そもそも、「禁じられた恋に生きた女たち」という彼女たちを囲い込む名辞は、小説そのものを読む前から、ジェンダー構造における定型の「女」、誰からも許されることがない「女」という方向付けがなされていると言えるだろう。

そして、個々の題名に見られるこうした読みの方向付けは、連載開始前から、既に綿密に計画されていたのではないだろうか。その可能性が、図32に挙げた「実名連載小説」の予告から垣間見える。「実名連載小説」は、週刊誌

実名連載小説　最終回

法燈の恋

中宮寺門跡の座を捨てて
十六歳年下の学生との真実の恋を
つらぬいた平松陽子（一條尊昭尼）

新章文子

弟を愛するような無邪気さで、十六歳年下の少年にふれてきたのを、尼僧の身で、門跡さまともあろうかたが、と厳しく批難されてみて、初めてそれが、まさに恋であったことを知った。それから十年、二人はいま、しっくりとした夫婦になっている。

図31　新章文子「最終回　法燈の恋　中宮寺門跡の座を捨てて十六歳年下の学生との真実の恋をつらぬいた平松陽子（一條尊昭尼）」「ヤングレディ」1967年5月22日号

実名連載小説　第9回

炎のような女

男性遍歴を自分の生命の糧に
奔放な二十八年を生きた
伊藤野枝の生涯

池田みち子

九州の片いなかの無知な娘にすぎなかった野枝は、三人の男のあいだを流転している。その間、愛と社会にめざめ恋と革命に生き、現衆議院議員・神近市子を相手に華麗な三角関係も演じ、最期は、アナーキスト・大杉栄の愛人として、一憲兵に惨殺された。

図30　池田みち子「第9回　炎のような女　男性遍歴を自分の生命の糧に奔放な二十八年を生きた伊藤野枝の生涯」「ヤングレディ」1967年5月15日号

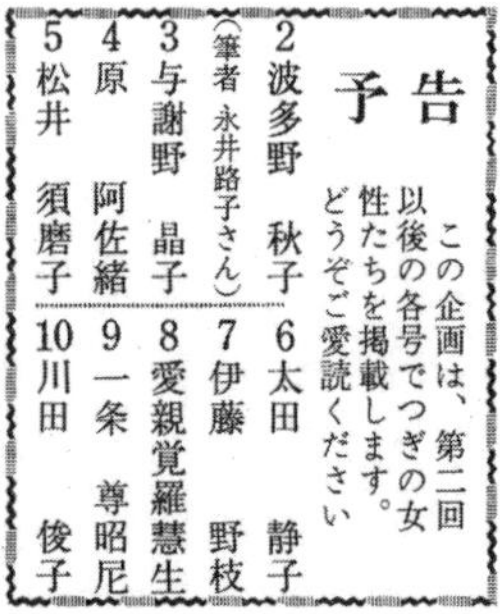

予告

この企画は、第二回以後の各号でつぎの女性たちを掲載します。どうぞご愛読ください

2 波多野　秋子
（筆者 永井路子さん）
3 与謝野　晶子
4 原　阿佐緒
5 松井　須磨子
6 太田　静子
7 伊藤　野枝
8 愛親覚羅慧生
9 一条　尊昭尼
10 川田　俊子

図32　連載第1回「貴族と富豪を捨て第三の結婚へと走った　悩み多き情熱の女・柳原白蓮の一生」の末尾に掲載された予告
（出典：「ヤングレディ」1967年3月20日号）

という媒体にしては珍しく連載第一回に全十回の予告が掲載されていた。

この予告を具体的に確認すると、例えば、実際の連載順では第五回の愛新覚羅慧生が、予告では第八回に掲載されており、また、実際は山崎富栄を主とした小説（第七回）となったが、予告段階では太田静子を主とした小説を予定していたというように、図32に挙げた全十回の連載一覧と予告とでは若干違いがあるものの、連載第一回の段階で、週刊誌には通常ほとんど見られない予告を掲載し、そのうえ、全十回のメインメンバーを掲げている点を考えれば、「実名連載小説」が綿密な企画の上に成り立っていることは明らかである。そしてその綿密な企画からは、「女流作家の目でえがききった実名小説」に、「女流作家の目」を統率する編集サイドの目も織り込まれていたことがうかがえる。

3　「禁じられた恋」のゆくえ――「女流作家」たちが内面化したもの

前述のとおり、「実名連載小説」は、「近代日本の女性史に名をとどめる」女性たちを「女流作家の目で描ききった実名小説」と示されていた。先に挙げた全十回の題名からして、「近代日本の女性史に名をとどめる」女性たちへの称賛や評価は到底読み取れないが、「女流作家」と呼ばれる作家たちが「女たち」をどのように小説化したのか、その表象のありさまを具体的に検討してみたい。
例えば第一回「貴族と富豪を捨て第三の結婚へと走った　悩み多き情熱の女・柳原白蓮の一生」

（前掲「ヤングレディ」一九六七年三月二十日号）のリード文には、「近代日本の女性史に名をとどめる、禁断の恋をつらぬきとおして生きた幾人かの女人群像を、女流作家の目で描ききった実名小説――連載第一回は、さきごろ八十歳の生涯を閉じた〝大正時代のノラ〟柳原白蓮の波乱多き一生」とあり、「貴族の家に妾腹の子として出生」「人形のような乙女妻として……」「第二の結婚にもいつか破綻の影が」「若き学生との恋の逃避行」という見出しが付けられている。これらの見出しから明らかなように、「実名連載小説」の内容は、白蓮の生涯を貴族の「妾腹」に生まれ、養女にいった先が実は婚家でもあり、婚約者・北小路資武に結婚前から常に性的対象として見られていたこと、そして北小路資武との子を出産後、離婚し実家に帰るも、年の離れた九州の炭坑王伊藤伝右衛門と再婚し、伝右衛門はじめ伊藤家の面々から虐げられ、まだ学生だった宮崎龍介と出会い、出奔。〈絶縁状公開〉を経てようやく宮崎と結婚という、まさに「波乱多き一生」を描いたものである。しかし、この「実名連載小説」のなかで注目したいのは、「近代日本の女性史に名をとどめる」と言いながら、歌人としての白蓮、あるいは後年の〈平和活動家〉としての白蓮――燁子はほんの紹介程度でほとんど脚光が当てられていない点と、先の見出し「若き学生との恋の逃避行」に至るまで虐げられ続けた白蓮が「若き学生」宮崎龍介によって救済されていくという点である。そうした描き方は、「第二の結婚にもいつか破綻の影が」「若き学生との恋の逃避行」という見出しからもうかがい知ることができるが、例えばそれは、次のように綴られていた。

得体の知れぬ複雑な家庭が彼女を待ち受けていたのだ。

縁談のときは子供はいないという話だったのに、三人の子供がいた。子供は燁子を「おかあさん」と呼んだが、その家に実際の主婦の座というものはない。女中頭がいて、家事のいっさいに権力を持っていた。燁子はただその女の言うままにしていなくてはならない。

それは古くからいる女中頭だからという理由での権力ではなく、伊藤の妾であったのだ。一つ家に妾と一緒に暮らすなどということが潔癖の燁子に堪えられるものではない。しかも堪えられないからといって出て行くことも今更出来なかった。

（前掲「第一回　貴族と富豪を捨て第三の結婚へと走った　悩み多き情熱の女・柳原白蓮の一生」一三四ページ）

三宅艶子は「伊藤の妾」の「言うままに」、そして夫・伝右衛門の暴君ぶりにもひたすら「堪え」る白蓮を描き出した。こうした白蓮の姿を、白蓮自ら半生をまとめた『荊棘の実――白蓮自叙伝』(14)（以下、『荊棘の実』と略記）と比較してみよう（なお、作中で白蓮は「澄子」、伝右衛門は「山本」という名で描かれている）。

涙のなかからときれぐにいふ澄子の声は、恨みと、怒りとに混乱してゐた。澄子はもうこの世に生きてゐる空さへなかつた。たうとう堪へ切れずに応接間を出て行つた。そして書斎の机の上に打ち伏して身も浮くばかり泣きに泣いた。

それは幾時間泣いてゐたかしれなかつた。陽もやがて夕暮とはなつたが電灯をつけるでもなく、澄子は暗い中でひとりすゝり泣くのであつた。ふと後の襖が開いた。と、そこに立つてゐたのは浮かぬ顔つきをした山本だつた。その手には珍しく菓子器を持つて、

「これ食べんか」

おそる〳〵澄子の顔をさし覗く様にしてそれを机の上に置いた。澄子はもうかつとなつてしまつた。あれだけの満座の中で人を恥しめて置きながら、と思ふと、死にもまさる程の恨みがじり〳〵焼きつくやうに澄子の胸をいらだゝせた。（略）満座の中であの恥かしめをさへ与へねばならぬ程にまでの怒りならば、まして今この人目のない処でどの様にも澄子を憎しみたゝきつけても飽き足りないであらうものを、澄子の機嫌でもとる様なこの態度を見ると、さつき何の為めにあんな恥かしい思をさせられたのかと真実山本の心が恨めしかつた。⑮

右は、「山本」（伝右衛門）の継母の葬儀の際、「澄子」（白蓮）が示した焼香順が、「山本」と彼の息子の意に沿うものではなかったため、「澄子」が「山本」から激しく叱責された直後の場面である。確かに作中で「山本」は「澄子」を虐げ、「澄子」は一人「幾時間」も「すゝり泣」いてはいるものの、そこには「実名連載小説」で繰り返し描かれたひたすら「堪え」る白蓮の姿は描かれていない。むしろ、たった一人で「澄子」のもとへやってきて、「これ食べんか」と「おそる〳〵澄子の顔をさし覗く」ふがいない夫の姿が暴君の裏面のように記され、その夫に苛立ち「死にもまさる程の恨み」を募らせる妻の姿が、「自叙伝」と銘打った『荊棘の実』には描かれているのである。しかし、「実名連載小説」は「自叙伝」に描かれる怒れる白蓮の姿には触れず、宮崎龍介との出会

いによって突如目覚める「人形」としての白蓮の姿が強調されていた。つまり、「実名連載小説」のなかで三宅艶子が描く白蓮の姿は、白蓮事件の当初からメディアに語り継がれるイメージとしての白蓮と地続きであると言えるだろう。(16)

続いて連載第二回も見てみよう。「軽井沢心中——作家・有島武郎との不倫の恋に滅んだ美しく誇り高い女・波多野秋子」で執筆を担当した永井路子は、波多野秋子と有島武郎の死に至るまでの経緯を一通り記したあと、次のように問いかける。

あれから四十年、この事件を読んで、あなたはどう思うだろうか。

へえ、今でもよくある話じゃないの。

そうかもしれない。人妻と他の男性との密通、しかも密通の現場をおさえられ、夫になぐられ、女は泣きわめく。（略）私も編集者の経験はあるが（略）愚劣きわまる、としか言いようがない。大体じぶんが美しいから原稿がとれるなどというのは女の甘えであって、「芥川さんはおっちょこちょいよ」などとすぐ口にするとは、いい気になりすぎている。（略）

実はここまで伏せて来たが、波多野秋子は妾の子だった。林某という実業家と新橋の芸者の間の子で、籍は林でも、彼女は生母の家から学校に通っていた。「家」というものがすべての尺度だったそのころ、これは彼女にとっては非常な屈辱だった。中央公論社へ入社したあとも彼女はこの身の上をひたかくしにかくしていたというのもうなずける。そしてコンプレックスが美貌の彼女をさらに勝気にさせたとはいえないだろうか。（略）

飢え、呪い、賭け、奪い、傷つき——秋子はそんな形でしか愛をみつめられない女だった。だから有島との結婚を夢みた形跡はみとめられない。始めから有島を愛の深みに引きずりこみ、破滅させるよりほかはなかった秋子だったのだ。

（前掲「第二回　軽井沢心中」一四三ページ）

「泣きわめく」「人妻」、「愚劣きわまる」態度、そして有島だけでなく誰に対しても、例えば芥川龍之介の名を出しながら、「いい気になりすぎ」た「女」、秋子の姿は刻み込まれていく。一見すると、「「家」というものがすべての尺度だった」というように、「近代」という時代が抱えたジェンダー構造に照らし合わせて秋子を擁護しているように見えるものの、その性質は、「妾の子」という出自に起因するものであり、生涯を「飢え、呪い、賭け、奪い、傷つ」いたのだという〈回答〉を先ほどの「あなたはどう思うだろうか」という問いかけのあとに示し、読者を秋子批判へといざないながら教化する形で小説は締めくくられる。こうした永井による秋子の描き方は、「秋子の常軌を逸したコケットぶりのみが先行[17]」したという事件直後からメディア上で繰り広げられた秋子批判を踏襲し、一方的に批判されるべき秋子の物語の反復でしかない。

秋子に向けられたこのようなまなざしは、「実名連載小説」の主人公である「女たち」を、あるいは「実名連載小説」という企画がいざなう方向を、端的かつ強烈に明示している。「実は」「妾の子」というように「妾の子」であることを明かし、ジェンダーの枠組みのなかで蔑まれる「妾」という負の記号を背負うその出自が、「女」の歯車を狂わせる第一歩として示されているのは、秋子だけではない。先に確認したように連載第一回「貴族と富豪を捨て第三の結婚へと走った　悩み多き情熱の女・柳原白蓮の一生」でも「妾の子」という記号は白蓮の「一生」を語るうえで有効に機能していた。繰り返しになるが、この小説の第一章にあたる部分には、「貴族の家に妾腹の子として出生」という見出しが付けられているのである。見出しのあとに続く小説本文には、「白蓮、柳原燁子は明治十八年伯爵柳原前光の妾腹（生母は柳橋の芸者とのこと）の娘として生まれた。当時の華族階級は血統を重んじ、「腹は借りもの」という考えが厳然と残っているころだ。天皇家、将軍家のように、側室が子供を生むのはなんの不思議もない」と記されているものの、「なんの不思議もない」ことをあえて見出しに掲げるのは、「妾腹の子」という言葉が、「柳原白蓮の一生」を煽るのに十分価値があるからである。白蓮に向けられた「妾腹の子」というまなざしは、秋子に向けられた「実は」「妾の子」と同じく、性的対象となる「芸者」を「生母」に持つ「娘」として彼女たちを囲い込み、書き手の好奇と批判を読者へと伝える装置となっている。

また、小糸のぶによる連載第四回「美貌の遍歴　妻子を捨てた世界的学者と子どもを捨てた女流歌人・原阿佐緒の激情の恋の終わりは……」（一九六七年四月十日号）では、リード文において、阿佐緒が当時俳優として活躍していた原保美の母であることを知らしめ、次のように阿佐緒の生涯をまとめている。以下にリード文および小説本文を挙げてみたい。

原阿佐緒というのは、「事件記者」で活躍した俳優・原保美の実母である。美貌の歌人として名をはせ、その美貌ゆえにかえって不幸な宿命に前半生をもてあそばれた。通り魔のような過失、みのらなかった結婚生活、そして……

（前掲「第四回　美貌の遍歴」リード文、一二八ページ）

二人の恋愛が、全国の新聞に大きく報じられたのは、大正十年七月末だった。

大学教授の地位も名声も、妻子も捨てた石原純と、老いた母と二児をふるさとに置きざりにした阿佐緒が同棲したという新聞記事は、当時、津々浦々までゴウゴウたる非難、嘲笑をまき起した。ことに阿佐緒は、高名な理学者の家庭を破壊した一世の妖婦として悪評高く、その過去のあることないことがデカデカと書き立てられた（略）しかし、その反面、（略）純の気持を損じることを怖れてか、歌の友、三ヶ島葭子にたのんで、こっそり遠いわが子に菓子を送るあわれな母、阿佐緒でもあったのである。（略）

燃えさかる恋の炎を消しかねて、苦しみ悩みから、母や子を捨ててふるさとを出た若く、美しい母だった阿佐緒も、いまは八十歳の老いを迎えて、東京に住む、次男、保美夫妻や孫たちにかこまれながら安らかな日々を送っている。

（同一三〇―一三一ページ）

「不幸な宿命」と呼ぶ阿佐緒の生涯の「不幸」の源は、阿佐緒自身の「燃えさかる恋」に起因するものであり、阿佐緒はその「恋」ゆえに「わが子」を捨てた「あわれな母」として描かれる。右の引用部分は、阿佐緒に付けられた「一世の妖婦」というレッテルを剝がそうとしているようにも見えるが、先の白蓮・秋子と同じ構図が見て取れるだろう。「わが子」を捨てた「美しい母」阿佐緒と、「捨て」られた子の保美。阿佐緒と保美の関係を示しながら綴られる小説は、俳優・原保美の母のゴシップとも読みうる。

こうして「近代日本の女性史に名をとどめる」女性たちという触れ込みとは別の方向を示す小説は、先の白蓮による『荊棘の実』に限らず、小説化された人物本人の手記をもとにしながら作られてもいた。田辺聖子が執筆した第七回「情死行　太宰治と玉川上水に消えた山崎富栄と「斜陽」の女・太田静子の女の決闘」（一九六七年四月三十日号）の、富栄と太宰が死を決意した会話部分は、富栄の死後に出版された日記『愛は死と共に』から多くを取ったものである。詳細は既に本書第3章に記したが、二人の死の直後に起きた富栄バッシングは、川崎賢子の指摘[18]にあるように、前掲「週刊朝日」（一九四八年七月四日号）に十六ページにわたって掲載された富栄の日記や、その後刊行された『愛は死と共に』を契機としている。また情死直後だけでなく、その後も情死の責を富栄だけに負わせる一方で、〈悩める青春の旗手〉としての〈太宰治〉を浮上させたメディアの構図を考えたとき、「(勝った……わたしは勝った)と富栄は叫んでいたのではないだろうか。嫉妬も情熱も、独占欲も、すべて洗い流されたように、彼女は微笑して、水に呑まれたのではないだろうか」（前掲「情死行」一四七ページ）と、日記には当然書かれていない入水直後の富栄の心情もまた、情死のヒロインとしての富栄の姿を踏襲したものにすぎない。

こうした好奇と批判の一方で、一見すると「女たち」に理解を示しているかのようにみえる記述もある。「女たち」の一人、伊藤野枝は、池田みち子によって第九回「炎のような女　男性遍歴を自分の生命の糧に奔放な二十八年を生きた伊藤野枝の生涯」（一九六七年五月十五日号）に描かれた。[19]

野枝は男から男を渡り歩いた放縦な女のように思われそうである。が、事実は決してそうではない。

同じ時代の人たちからは理解されなかった野枝の生涯を五十年後の現在、もう一度振り返ってみるのも決して無駄ではない。周囲の壁と戦いながらいつでも自分自身の気持に忠実に生きてきた、炎のような野枝を、現在の私たちは理解できるし、共鳴できるからである。

（前掲「第九回　炎のような女」一二二ページ）

（同一二三ページ）

小説の冒頭に示されるのは、「同じ時代の人たちからは理解されなかった野枝」を「現在の私たちは理解できるし、共鳴できる」という、読者に向けられた「放縦な女」ではない野枝に対する「理解」と「共鳴」へのいざないである。けれども、「男をむさぼる野枝の生活」といった見出しや、野枝を「男と知り合う度に、男の持っているものを肥料にして、自分が肥え太り」「次々と男を食い潰して、自分の栄養にしながら、炎のように生きてゆく女」と結論付けている点に目を向けてみるならば、そこから「私たち」が、「理解できる」「共鳴できる」野枝へと導いていこうとする姿勢は感じられない。野枝と「同じ時代の人たち」と「現在の私たち」の意識の違いを呼び込もうとしながらも、「九州の片いなかの無知な娘にすぎなかった野枝」が「三人の男のあいだを流転する」ことで成長したという、よくある構図が喚起させるものは、「軽井沢心中」で永井路子が波多野秋子に下したのと同様に、男を喰らってのし上がる女、つまり批判されるべき悪女のステレオタイプである。「実名連載小説」が「女たち」に与えたものは、「近代日本の女性史に名をとどめる」「女性」への称賛でも高い評価でもない。「実名連載小説」で「女流作家」たちが紡ぎ出したものは、物語の定型から「女たち」を救い出そうとしつつも、結局はスキャンダルを背景に、「実名」を用いて好奇と批判の「目」で繰り返し描かれる、女の物語だったのである。

先に確認したとおり、「実名連載小説」は、連載冒頭で「近代日本の女性史」に名を残す女性を描くことを謳っていたはずであった。しかし、実際はそれとは遠く離れ、色付けされた題名と偏った叙述とが呼応しながら、スキャンダラスな存在として「女たち」をあぶり出していくのである。「実名連載小説」に描かれた「女たち」に期待されたのは、個々の小説の見出しや本文に躍る、「妾の子」「妾腹の子」といった尋常ならざる「女たち」の出自や、「不貞」（「軽井沢心中――作家・有島武郎との不倫の恋に滅んだ美しく誇り高い女・波多野秋子」）、「三角関係」（「柔肌の恋――恋の哀歓を生涯うたいぬいた炎の歌人・與謝野晶子」）、「暴力で純潔を汚された青春期」（「美貌の遍歴　妻子を捨てた世界的学者と子どもを捨てた女流歌人・原阿佐緒の激情の恋の終わりは……」）、「「ノラ」に似た不幸な結婚生活」（「須磨子無惨　島村抱月の命日にあと追い心中した新劇の女王・松井須磨子の悲劇」）といった流転する人生をさまよう、これまでと何一つ変わらない物語だったのである。そして、女性週刊誌という〈場〉で、男性のまなざしを内面化して描かれる「女たち」のスキャンダラスな生きざまを紡いでいるという点で「実名連載小説」は文字どおり連載――一つの連なりを見せていく。

4　女性週刊誌という「夢」？

ここまで「実名連載小説」を検討してきたが、最後に、「女流作家の目で描ききった実名小説」という「実名連載小説」が、女性週刊誌というジャンルでどのような意味を持っていたのか検討してみたい。メディアのジャンルに注目する石田佐恵子は、「いかにジャンルがその表現形式を規定し、優先的な読みを内包しているか」と、メディアのジャンルによって「優先的な読み」が形作られていることを指摘している。[20] この指摘を踏まえ、女性週刊誌が優先した「読み」を「ヤングレディ」掲載のほかの記事とあわせて検討したい。例えば、「適齢期のBG」を対象にする女性週刊誌において、男性上司たちによる座談会の場が、次のようなまなざしを内包して形成されていたことを考えるとき、それは本章冒頭で挙げた「女性のための雑誌」とは違った意味合いを持つのだろうし、先の「実名連載小説」で優先されるべき読み方も、より明確になるのではないだろうか。

B　結婚前のデモンストレーションが必要な時なのに、どういうつもりかしらん。（略）
楠本　むしろ女性はかわいい小羊のほうがいいのです。（略）
楠本　ところでBG生活は、家庭にはいって主婦になる女性にとってプラスですか、マイナスですか。（略）

C　会社の裏面を知りすぎる、というのは嫌だけど、多少の経験はあったほうがいいでしょう。
楠本　多少の経験というと、何年ぐらい？
C　三年はどうでしょう。ちょっと短いかな。
楠本　軍隊と同じだな。初年兵の経験だけなら、しつけが身についていいが、それ以上いると横着になる。
（司会・楠本憲吉「座談会特集　課長のきらいなこんなBG」「ヤングレディ」一九六七年二月二十日号、講談社、三八―四一ページ。なお、座談会参加者は日本勧業証券研修課長・守尾勝彦、ワコール東京店総務課長・藤田幸男、東京モノレール勤労課長・関昭五と冒頭で明記されているが、座談会の発言は、楠本以外はABCで表記されている。）

座談会で司会者と企業の課長職にあたるBやCが話す「BG」は、「かわいい小羊」たることが至上命題であり、「軍隊」にもたとえられる「しつけ」が行き届けば企業での〈消費期間〉は終わるのだという。もう一つ、本章冒頭に引用した「女性自身」三代目編集長・櫻井秀勲のもとで働いていた編集者の一人で「ヤングレディ」にも関わった長尾三郎が、「もう時効だから「事実」を明らかにしておくのも、当事者の責務」と紹介した、興味深い文章を次に挙げてみよう。

世論調査で群を抜いてトップを競い合ったのは「オフィス・レディ」と「オフィス・ガー

ル」だが、実際の投票結果はその逆で、実は第一位はオフィス・ガール（ＯＧ）だった。本来なら、世論調査の結果を尊重して「ＯＧ」となるはずだった。

だが、私たちスタッフの間で、（略）こんな議論が展開された。

「ＢＧかＯＧか。何か新鮮味がないねえ。あまり変わった感じがしないよ」

「だいたい働く女性を総称する言葉自体が日本的発想で、アメリカなんかにはない」

「アメリカでは、事務補助員的な日本のＢＧにあたるような仕事は、初めから存在しないからね」（略）

「そんなことを今さらいっても始まらない。何とか命名しないと……」

「それならレディのほうがましか」（略）

藤本キャップ以下、私たちはこんな勝手な議論を交わして、最終的に順位を入れ替え、「オフィス・レディ」（ＯＬ）をトップにもってきた。したがって、誌面に公表された投票総数や票数にも実は水増しされた作意が隠されていた。[21]

右は、本章冒頭で「女性自身」三代目編集長・櫻井秀勲が語り、当時の「女性自身」の「緊急世論調査」の結果として選ばれた「ＯＬ」という呼称のちょうど裏面にあたる。こうした裏面は、読者自らの意思――読者投票によって選ばれ、伝説のように語り継がれる「ＯＬ」の誕生と、「女性のための雑誌」という女性週刊誌に渦巻くものを明らかにしているだろう。すなわち女性週刊誌が「みなさまといっしょにつくる週刊誌」という名目の下、拾い上げたはずの「ナマの声」とは、編集者たちの作意を含んだ〈声〉だったわけで、そうした視点から女性週刊誌を眺めてみれば、創刊当初のスローガンであり、いまなお「昭和三十年代」という時代とともにノスタルジックに語り継がれる「女性のための雑誌」という「夢」は、もろくも崩れ去っていく。そして、「みなさまといっしょにつくる週刊誌」という呼び声高いその背後で、先の座談会が示すように、読者が「BG」や「OL」という呼称によって「しつけ」られていく道筋が見えてくる。そうした道筋の対極に、「実名連載小説」に描かれた「女たち」は置かれていたのだ。挑発的な題名や見出しに煽られながら断罪される「女たち」の姿は、「しつけ」の行き届いた「かわいい小羊」には程遠い。「実名連載小説」は、彼女たちの文学的成果や営為を称揚することなく後景に押し込め、スキャンダルの業火を一身に受けながら、欲望され、批判されるべき「女たち」の姿を前景化していった。女が女の物語を書く――「女性のための」雑誌という女性週刊誌で、一見、理想的にさえ見えるその背後には、先に確認した高度成長期の女性週刊誌が抱える、「女流」ならぬ〈男流〉の論理が貫かれているのだ。

　確かに女性週刊誌は、ミッチーブームと「OL」の誕生によって、発展の一途をたどっていった。しかし、そうした発展の内実が、本章で検討した「禁じられた恋に生きた女たち」の女性表象から見えはしないだろうか。

　後年、「実名連載小説」の執筆者の一人だった杉本苑子は、自らの全集解説で「振り返ってみますと、大方の作家がそうであるように、私もこれまで随分たくさん短篇小説を書いてきました。新人のころは商業誌の求めに応じて、心ならずもその意向に従ったりした場合も少なくなく、いま読み返すと恥しい限りです[22]」と記している。もちろん、この発言が「実名連載小説」を指していると は言いきれない。しかし、執筆者だった杉本苑子や永井路子、田辺聖子が揃って全集に「実名連載 小説」を収録しないばかりか、年譜にさえ入れず、その存在に対して口を閉ざした状態であること を考えれば、単に「夢」とは回想しがたい草創期の女性週刊誌のありさまが透け見えてくる。

注

(1)『ALWAYS三丁目の夕日』監督：山崎貴、脚本：山崎貴／古沢良太、制作：『ALWAYS三丁目の夕日』製作委員会、二〇〇五年

(2)『ALWAYS三丁目の夕日』は、その後も続篇が作られ、二〇一二年には、シリーズ三作目となる『ALWAYS三丁目の夕日'64』（監督：山崎貴、脚本：山崎貴／古沢良太、制作：『ALWAYS三丁目の夕日』製作委員会、二〇一二年一月二十一日から全国東宝系ロードショー）が公開された。

(3) 櫻井秀勲、文・与那原恵「女性週刊誌／雑誌を小脇に抱えて、女性が社会に歩き出した」「東京人」二〇〇六年八月号、都市出版、二七―二九ページ

(4)「女性自身」（一九六三年十一月二十五日号、光文社）。なお二位は四千百八十九票の「オフィス・ガール」だった。この「緊急世論調査〝BGの名称〟」は一九六三年十一月四日号の「女性自身」（光文社）で募集され、読者による投書と「十一月十日（日）には東京・西銀座をはじめ全国主要都市（大阪・京都など）」でおこなった「街頭座談会」の結果から〈BG〉に代わる新たな名称を誕生させた。

(5) 石田あゆう「「若い女性」雑誌の時代」「特集　戦後大衆文化と文学——昭和三十年代をよむ」「文学」二〇〇八年三月号、岩波書店。そのほかに前掲『週刊誌五十年』も参照。
(6) 前掲『ミッチー・ブーム』参照
(7) 出版ニュース社編『出版年鑑　一九六七年版』出版ニュース社、一九六七年、八六ページ
(8) 「ヤングレディ」は波多野秋子や山崎富栄を「ドキュメント情死・選ばれた女」(一九七一年一月四日号—三月十五日号) というシリーズでも取り上げている。また、四大女性週刊誌の後発誌にあたる「微笑」(祥伝社) も、「近代史の名ヒロイン」(一九七五年一月二十四日号—十二月二十七日号) と題した長期シリーズを連載した。これらについては、本書第5・6章を参照。
(9) 出版ニュース社編『出版年鑑　一九六五年版』出版ニュース社、一九六五年、七六ページ
(10) こうした事例の一つである太宰治と山崎富栄については、本書第3章を参照。
(11) 社史編纂委員会編『講談社七十年史　戦後編』講談社、一九八五年、二一一ページ
(12) 「社外記者二〇〇名発表」(「ヤングレディ」一九六三年九月二十三日号、講談社、一五四—一五五ページ)。記事には「一八六、一七三名ものご応募の中から、慎重な審査の結果、次の二〇〇名の方々に、これからの三月間〝ヤングレディ〟の社外記者として編集に参加していただくことにしました。社外記者になられた方々にお願いする事項は、直接本社からご連絡いたします。また、社外記者になられた方には、取材費として毎月二〇〇〇円と〝ヤングレディ〟を毎号お届けいたします。ご応募下さった方全員には、ダイアモンド小箱(アクセサリー入れ)をお送りしました」とあり、北海道から鹿児島県まで、そしてフランスとアメリカに住む日本女性三人も「社外記者」に選ばれている。
(13) 長尾三郎『週刊誌血風録』(講談社文庫)、講談社、二〇〇四年、二五八ページ
(14) 柳原白蓮『荊棘の実——白蓮自叙伝』新潮社、一九二八年。なお、本書は柳原白蓮ではなく、本名

の「柳原燁子」名義で出版された。
(15) 同書六〇六―六〇七ページ
(16) こうしたメディアに流通する柳原白蓮の、特に戦後の白蓮を追ったものに、菅聡子「柳原白蓮の〈昭和〉」(「お茶の水女子大学人文科学研究」第五号、お茶の水女子大学、二〇〇九年三月)がある。
(17) 与那覇恵子/岩見照代編『アンソロジー 女性の〈性〉と〈性意識〉の変遷――女性の描かれ方にみるセクシュアリティ二』「解説」(「近代日本のセクシュアリティ」第二十九巻)、ゆまに書房、二〇〇八年、三四一ページ
(18) 前掲「太宰治の情死報道」一一二―一三七ページ
(19) この「炎のような女」という題名は、おそらく岩崎呉夫『炎の女――伊藤野枝伝』(七曜社、一九六三年)から材を得たものと思われる。なお、両者の構成は岩崎呉夫『炎の女』の目次が「甘粕事件の謎」「辻潤との青春」「『青鞜』の三年間」「ひとつの動揺」「葉山「日蔭茶屋」事件」「大杉栄とともに」であるのに対し、池田みち子「炎のような女」の見出しは「関東大震災の日の惨劇」「短命だった辻潤との自由恋愛」「男をむさぼる野枝の生活」「神近市子と日蔭茶屋の事件」である。
(20) 石田佐恵子「「メディア文化研究におけるジェンダー――あるいはジャンル研究の含意」、吉見俊哉編『メディア・スタディーズ』(Serica archives)所収、せりか書房、二〇〇〇年、一一三ページ
(21) 前掲『週刊誌血風録』二八―二九ページ
(22) 『杉本苑子全集』第二十二巻、中央公論社、一九九八年、三八三ページ

[追記]
本稿は日本文学協会第二十九回研究発表大会(二〇〇九年七月十九日、於・静岡大学)での発表「「禁

じられた恋」のゆくえ——女性週刊誌『ヤングレディ』に掲載された「実名連載小説」を中心に」に加筆修正したものである。発表に際してご教示くださった多くの方々に感謝を申し上げます。

第5章　「情死」はいかに語られたか
——「ドキュメント情死・選ばれた女」をめぐって

1　文学を語る女性週刊誌

「週刊女性」（一九五七年三月創刊、河出書房―主婦と生活社）[1]、「女性自身」（一九五八年十二月創刊、光文社）、「女性セブン」（一九六三年五月創刊、小学館）、「ヤングレディ」（一九六三年九月創刊、講談社）――第4章の冒頭で述べたように、一九五六年創刊の出版社系週刊誌「週刊新潮」（新潮社）が巻き起こした週刊誌ブームのあとを追う形で誕生し、皇太子妃の決定、続く〈ミッチーブーム〉に前後して創刊されたこれらの女性週刊誌[2]は、四大女性週刊誌と呼ばれ、高度成長期の都市部を中心に増加した、いわゆる〈BG〉や〈OL〉を主な読者として飛躍的に発展した。その躍進ぶりは、例えば片岡正巳が、「ヤングレディ」が創刊され四大女性週刊誌が出揃ってから五年後の六八年前期から翌六九年後期にかけての女性週刊誌の発行部数と「週刊新潮」、「週刊文春」（文藝春秋）、伸張しているとデータを用いて実証している点からも知ることができる。[3]「週刊新潮」などが横ばいあるいは減少傾向であるのに対し、四大女性週刊誌のいずれもが「各期ごとに大幅な増加を見せ」着実に伸張しているとデータを用いて実証している点からも知ることができる。

　このように女性週刊誌は、〈BG〉や〈OL〉の出現と相まって、高度成長期を語るうえで欠かせないメディアの一つとなったのだが、その女性週刊誌の誌面で、〈文学〉にまつわる言説が様々な形で語られていたことはあまり知られておらず、女性週刊誌自体、これまでほとんど文学研究の対象になっていないのが現状である。[4]高度成長期の女性週刊誌は、「火のないところに煙をたてスキャンダルを製造し親切すぎるセックス記事で女をかりたてる男の敵」[5]と糾弾されるように、スキャンダラスな記事で誌面を飾るイメージが強く、そのイメージは現在まで根強く続いている。そのうえ、女性週刊誌を手に取る読者についても「いわゆるインテリ婦人は、はじめから週刊誌などは読むまい」[6]「「女性自身」の読者は決してインテリではない。私の知っている例でも、文学少女や、そうでなくても秀才型の女の子は「女性自身」など軽蔑している。愛読しているのは、そうでない人たちである」[7]というように、創刊の頃から階級化され、一般の女性誌よりも下位化されているのだから、〈文学〉とは容易に接近しそうもないように思える。

　しかし、そうした反面、高度成長期の女性週刊誌は〈文学〉を誌面に巧みに利用してもいた。スキャンダルとゴシップ、そしてプライバシーをさらけ出す女性週刊誌特有の手法は、〈文学〉をも取り込んでいったのである。この時期、先に挙げた四大女性週刊誌には、全二十六回にも及ぶ連載「この人・この愛・この苦悶」（「週刊女性」一九六七年一月一日号―七月八日号、主婦と生活社）や、貴司山治による「連載百年恋愛史　奔放華族」(「女性自身」一九六七年四月二十三日号―六月十九日号、光文社)、本書第4章で検討した三宅艶子・永井路子ら十人の女性作家が一回読み切り形式で綴った「実名連載小説　禁じられた恋に生きた女たち」[8](「ヤングレディ」一九六七年三月二十日号―五月二十二日号、講談社)、太宰治の情死記事が連載第一回を飾る「ドキュメント情死・選ばれた女」(「ヤングレディ」一九七一年一月四日号―三月十五日号)などが連載され、また、四大女性週刊誌のあとに誕生した「微笑」では、石垣綾子が「近代史の名ヒロイン」(「微笑」一月二十四日号―十二月二十七日号、祥伝社[9])と銘打ったシリーズを執筆している。これらのシリーズは、もちろんすべてが〈文学〉と関わりのあった人物で構成されているわけではないが、例えば与謝野晶子や柳原白蓮、波多野秋子、松井須磨子、伊藤野枝、原阿佐緒、山崎富栄などが繰り返し取り上げられ、スキャンダラスでセクシュアルな見出しと、多数の写真とによって可視化されて誌面に呼び込まれている。

女性週刊誌は、一週間に一度発売され、読み捨てられていく消耗品にすぎない。しかし、「わたしたち、案外つかれるんです。本は読めないし、新聞もあまり見ないくらい。家へ帰ってゴロンとなって、しかも最近のできごとなんかがわかるところが魅力かな[10]」というように、本も新聞さえもほとんど読まない読者たち――〈BG〉〈OL〉にとって、女性週刊誌が与える影響は大きい。井上輝子は、読者と雑誌の関係を次のように述べている。

雑誌と読者の関係を考えてみる。他のメディアへの接触と同様、またはそれ以上に、雑誌を読むことは毎日の生活のなかに組み込まれており、その日常性のゆえに、読者各自の意識や経験に対して雑誌がもつ意味はしばしば見失われがちである。（略）
　それでは、雑誌は読者にとってそれほど重要な働きをしていないのかといえば、そうではない。（略）雑誌は、読者自身による、アイデンティティの形成・維持活動の重要な媒体として機能している。（略）読者はそれぞれ、自分は自主性をもつ自由で分別ある消費者であり、他人の経験に学んでどんな不幸にも対処できる「賢い女性」である等々の「理想的な自己」像を、一時的に思い描くことで、結果として消費社会を肯定し、既存の支配的な道徳を強化していくというわけである。
　気晴らしに目を通しているだけで大した意味はないと思っているからこそ、また雑誌に楽しみを見出すからこそ、雑誌は実は読者の自画像形成に深く関与しているともいえるのではないだろうか。(11)

　まさに女性週刊誌は、右のような読者たちの「自画像形成」に大きな役割を果たしたのではないだろうか。こうした問題を踏まえ、本章では、右に挙げたシリーズの「ドキュメント情死・選ばれた女」に光を当てる。そして、そこで「情死」がどのように描かれているのかを検証し、このシリーズが掲載誌「ヤングレディ」を織り成すほかの言説と交差したとき、どのような意味をもたらすのか考察したい。女性週刊誌で情死が取り上げられること自体は、さして珍しいことではない。ただ、たとえ結果として情死という最期を迎えようとも、本書第4章や第6章に示したように、

「恋」「愛」「ヒロイン」といった切り口でシリーズ化されることがほとんどであり、「情死」を前面に押し出したシリーズというのは非常に珍しい。〈BG〉や〈OL〉が飽かず読み続けた女性週刊誌のなかで、「情死」のシリーズはどのような言説とともに編み上げられ、語られたのだろうか。

2 「ドキュメント情死・選ばれた女」

まずは、「ドキュメント情死・選ばれた女」について簡単に説明したい。先にも述べたとおり、「ドキュメント情死・選ばれた女」は、「ヤングレディ」一九七一年一月四日号から同年三月十五日号までに全十回連載されたシリーズで、記事はいずれも四ページで完結、毎回一ページ目がタイトルとリード文、それに写真で構成されているので、実質文章は三ページでまとめられている。連載初回にあたる一月四日号の「ヤングレディ」の目次を確認してみると、「シリーズ結婚特別編」の「美智子妃を育てた正田夫妻の「人生は衝撃」」「〝覚え書き〟による島津貴子物語」「同時進行レポート　花嫁になる日まで／①求婚されて」、漫画家・里中満智子による「ヤングコミック　愛の墓標」、川内康範による小説「純潔」、そして「ドキュメント情死・選ばれた女」が「特別連載企画」として紹介されていた。以下、「ドキュメント情死・選ばれた女」の一ページ目とタイトルを示してみよう（図33―図36）。ただし、このシリーズには、一般人の情死事件も実名・顔写真入りで取り上げられているため、そうした事件は除き、ここでは文学者の情死だけに絞って、並べてみる。

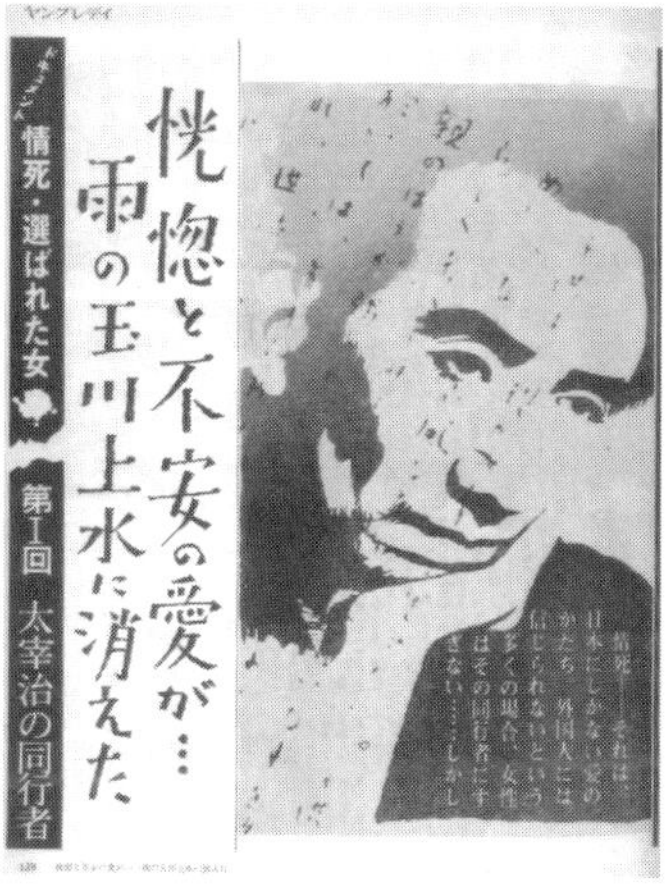

図33　「第1回　太宰治の同行者　恍惚と不安の愛が……雨の玉川上水に消えた」「ヤングレディ」1971年1月4日号

図34　「第3回　島村抱月の同行者　せめて淡雪の溶けぬまに……女優須磨子追慕の死」「ヤングレディ」1971年1月25日号

図35　「第6回　有島武郎の同行者　落葉松林の山荘で惜しみなく愛は奪う」「ヤングレディ」1971年2月15日号

図36　「第8回　伊藤野枝　虐殺——火の女　野枝は恋に生き革命に生きた」「ヤングレディ」1971年2月28日号

右に挙げたとおり、第一回「太宰治の同行者」（図33）では山崎富栄が、第三回「島村抱月の同行者」（図34）では松井須磨子が、第六回「有島武郎の同行者」（図35）では波多野秋子が、そして第八回では「伊藤野枝」（図36）が「情死」シリーズに取り上げられている。言うまでもなく、伊藤野枝は関東大震災後に大杉栄とともに憲兵甘粕正彦に虐殺されたのであって「情死」ではない。そのため、第八回「伊藤野枝」のリード文には、「これは、いわゆる心中事件ではない。大杉栄と伊藤野枝は〝殺害〟されたのだから。だが、ふたりが死を賭けてみずからの主義を、そして愛を選んだとしたら……」と書かれていて、「死を賭けてみずからの主義」と「愛」を貫いたという点で、「ヤングレディ」は二人の死を「情死」と解釈したらしい。この四人（四組）は、本書第4章で述べた、同じ「ヤングレディ」掲載の「実名連載小説　禁じられた恋に生きた女たち」にも登場していて、いわば女性週刊誌の〈常連〉とも言えるだろう。

先にも述べたように、このシリーズには一般人の情死事件も顔写真入り、かつ実名で紹介されていた。それらについては詳しく触れないが、「情死」のシリーズを年代順に見てみると、最も古いものは第三回「島村抱月の同行者」（一九一九年一月の松井須磨子の後追い心中）であり、最も新しいものは、最終回に置かれた、一九六九年に起きた一般人による情死事件であった。つまり、「ドキュメント情死・選ばれた女」は、大正時代の後追い心中から、この連載からわずか二年前の六九年の情死まで、新旧取り交ぜて五十年もの時を隔てた情死を一つのシリーズとしてまとめ上げていたことになる。

3 「いま」・ここの出来事として

しかし、五十年もの時を隔てた情死を一つのシリーズにまとめ上げていたとは言っても、「ドキュメント情死・選ばれた女」からは、そうした歴史性はほとんど感じられない。むしろ、シリーズの間にある歴史性を消去しようとするようにさえ見えるのだ。例えば、シリーズ第一回「太宰治の同行者　恍惚と不安の愛が……雨の玉川上水に消えた」（「ヤングレディ」一九七一年一月四日号、講談社。以下、「太宰治の同行者」と略記）は、次のように書きだされる。


冬の夕暮れは、駆け足だ。

ここ禅林寺（三鷹市下連雀）の本堂も、斜陽を浴びて、あかね色に染まっている。

墓地のはずれに、その墓はひっそりとあった。

太宰治――。

まるで標札のように刻まれた三文字。黒みがかった御影石の小さな石碑。

風が出てきた。小石を置いたノートの切れ端が、はたはたと音を立てる。手にとると、「富士に月見草が似合うように、太宰さん、あなたにはカーネーションが似合います。線香が消えてしまわぬうちに私はここから帰りましょう」

Yという頭文字と日付。インクがにじんでいる。

さっき、門前ですれちがった長い髪の女性が書き残したのだろうか。

完全な静寂。遊んでいた子供たちが歌を歌いながら帰ってしまった境内。落ち葉をたいている寺の人がいた。

木村タネさん（五十六歳）だ。「ここのところ、めっきり寒くなったせいか、訪れる方は平日で四、五人。日曜で十五、六人というところですね」

ほとんどの女性が花を抱いてくる。だから、太宰の墓はいつも新しい花に埋まっている、という。いまなお《青春の文学》として多くの読者を持つ太宰治。

だが、その死の事情は、伝説の霧に包まれはじめた。ぜひもない。あれから、二十余年の歳月が流れたのだから。

禅林寺を出て、急いだ。会いたい人がいた。

増田静枝さん（六十四歳）。いま国電吉祥寺駅の東口で〈月若鮨〉をご主人と経営する人。

太宰は死の直前まで、当時、静枝さんがやっていた小料理屋〈千草〉の二階を、書斎がわりに使っていた。


（前掲「太宰治の同行者」一四〇ページ）

一読してわかるとおり、右の記事は「ヤングレディ」の記者による取材風景から書き起こされている。通常、メディアのなかで太宰治と山崎富栄の死が語られる際には、例えば本書第3章と第4

章で見たとおり、二人の死後に刊行された富栄の日記『愛は死と共に』の記述をもとに、二人の出会いから死までの日々を再現する場合が多い。本章冒頭でも紹介した、「ヤングレディ」の「実名連載小説　禁じられた恋に生きた女たち」第七回は、「情死行　太宰治と玉川上水に消えた山崎富栄と「斜陽」の女・太田静子の女の決闘」（一九六七年四月三十日号）と題して作家の田辺聖子が執筆したが、それも「「私の大好きな、弱い、やさしい、淋しい神様。女の中にある生命を、わたしに教えて下さったのは、あなたです。」（山崎富栄の手記より）」という富栄の日記の引用から始まっていて、二人の死までの日々が富栄の日記をもとに呼び起こされ、誌面に再現されている。

再び「太宰治の同行者」に話を戻せば、「序の章」「破の章」「急の章」という三章構成のうち「破の章」は富栄の日記をもとに綴られているが、前後の章はいずれも記者による取材を中心にまとめられている。「ぜひもない。あれから、二十余年の歳月が流れたのだから」と、太宰の死から既に「二十余年」過ぎたことに自覚的ではあるものの、そこで強調されるのは「いまなお」あるいは「いま」といった現在を示す語である。これは、「ふたりが身を投げた、玉川上水の〝むらさき橋〟附近はもう昔の面影はない。淀橋浄水場が廃止されたからだ。涸れた水が、わずかにチロチロと流れるだけ…」という結末部分にも対応して、「二十余年」も前の過去の出来事の帰着点を、「いま」に見いだしている。

こうした「いま」への視点の転換は、「太宰治の同行者」だけに限ったことではない。「ドキュメント情死・選ばれた女」の第六回「有島武郎の同行者」（一九七一年二月十五日号）でも、有島と波多野秋子の情死現場である軽井沢の山荘について「いまは、青年会が生活困窮者たちに貸しているという建物」と「いま」の説明がなされ、二人の情死を現在に引き寄せようとしている。また、第八回「伊藤野枝」(一九七一年二月二十八日号)でも、「「大杉さん、宗一さんのお骨もいっしょに埋葬された…あの共同墓地も、十年前にとりこわされましてねえ」老婦人が指さした場所は、新興住宅地に変わっていた」というように、野枝と大杉の死は一九二三年の虐殺の再現だけにとどまらず、「老婦人」が指さす「いま」へと続いていくのだ。それは、「五十余年前」の須磨子の死でも変わらない。第三回「島村抱月の同行者」(一九七一年一月二十五日号)では、須磨子と抱月の出会いから、抱月の死、そして須磨子の後追い心中までが記されたあと、次のように示される。


記者は、長野県の松代へ飛んだ。どうしても須磨子のふるさとを一目見ておきたい。

信越本線の長野駅で長野電鉄に乗り換えて約一時間。

ひっそりとした町だった。生家は、その後火災にあって昔の俤《おもかげ》は、もうない。

その裏山に、須磨子の墓があった。

ひとつ離れて、
貞祥院実応須磨大姉。

すぐ近くに、りんご園があり、その木陰には淡雪が溶けずに白く光っている。(略)

いま、ひろびろと広がる善光寺平を、真冬の風が走る。そして空は雪曇りだった。あの日の死のように、どんよりと重く凍てついて…。


(前掲「島村抱月の同行者」一三八ページ)

須磨子が後追い心中した「あの死の日」のような雪曇りの空が、「いま」記者の眼前に広がっている。須磨子の死もまた、山崎富栄や波多野秋子、伊藤野枝の場合と同様、遠い過去の出来事ではなく、記者のまなざしを通して「いま」と接合して語られていくのである。

つまり、「ドキュメント情死・選ばれた女」というシリーズは、記者が取材する「いま」という時間のなかに等しく置き戻されるのである。そして、「いま」という時間の導入によって、歴史性を薄められたこれらのシリーズは、ある一点で結び合わされるのだ。ある一点——つまり、男たちによって「選ばれた女」であるということ、その一点において、このシリーズに描かれた「女」たちは、女性週刊誌の読者の「自画像形成」に役立つのである。

4 「選ばれた女」たち

「選ばれた女」という言葉ほど、女性週刊誌に似合いの言葉はないだろう。高度成長期、〈BG〉や〈OL〉といった名称の背景には、「「私生活を犠牲にする」ほど仕事に打ちこみはしないが、結婚や出産までの間は与えられた仕事に真面目にとりくむ、という女性事務職像」(12)が思い描かれていた。また、女性雑誌のビジュアル・イメージを検討した落合恵美子が、高度成長期の〈BG〉や〈OL〉のビジュアル・イメージについて、「ビジュアル・イメージに表れるBG像は、職業人というより「自由な若い娘」といったものである。勤めに出ることで恋愛結婚のチャンスも増えたので、BGは男性の目を意識し、恋愛に憧れる結婚予備軍として描かれる」(13)と指摘するとおり、女性週刊誌は常に「恋愛に憧れる結婚予備軍」の話題であふれていた。そうした、「恋愛に憧れる結婚予備軍」である〈BG〉や〈OL〉に対して、高度成長期の女性週刊誌は繰り返し「選ばれる」ことの大切さを説いていく。それはもちろん、本章の検討対象である「ヤングレディ」でも同様であり、例えば「適齢期のBGにおくる　三菱夫人（外助の功）と住友夫人（内助の功）あなたはどちらのタイプ？」（「ヤングレディ」一九六七年三月二十日号、講談社）では、「サラリーマン夫人は大きく〝三菱タイプ〟と〝住友タイプ〟に、分けられるそうです。さてどちらがどんなタイプをいうのでしょうか？　気になる話でしょう？」というリード文のあとで、次のように男たちの会話を紹介する。

あなたは、次のような話を聞いたことはありませんか。ビジネス・マンが女子社員を批評するときによく使われることばなのですが、

「受付にいるあの子はチャーミングだけど、三菱夫人タイプだろう。どうもおれの趣味じゃないな」

「そうかな、おれなんかは住友夫人より三菱夫人のほうがいいな。おれの女房になるのは三菱夫人型だよ」

（前掲「適齢期のBGにおくる」一二〇ページ）

この記事には、「エリート社員が選ぶ女房像は」という見出しも付いていて、「選ぶ」側にいるのは「エリート社員」、つまり男たちであって、〈BG〉や〈OL〉は「選ぶ」側ではなく、「選ばれる」側にいることを知らせているのだ。[14] こうしたことは、誌面に再現される男たちの会話のなかに見られるだけではない。「女らしさをあなたにつける徹底的研究」という特集の、「女が女に目ざめるってどういうこと?」という座談会（「ヤングレディ」一九六七年三月六・十三日合併号、講談社）で、元・祇園の有名芸妓で当時テレビにも進出していた安藤孝子は次のように読者に語りかける。

女が、〝女に目ざめる〟というのは、最大限に女らしさを発揮できるようになることやと思います。特に最近では、女らしい女がめずらしゅうなりましたけど、それは、自分を見つめる心の余裕がなくなったからとおへんか。
女というものは、男性にいつも愛されたいと願い、自分をよく思われるための努力をたやしたら、あきまへん。

（前掲「女が女に目ざめるってどういうこと?」五一ページ）

このように誌面では「男性にいつも愛されたいと願い、自分をよく思われるための努力」が称揚され、選ばれることの大切さが繰り返し説かれていく。ここにおいて、「情死」という不穏な言葉で語られた「ドキュメント情死・選ばれた女」の主人公たちは、「選ばれた女」という女性週刊誌の規定の文脈に回収されるのである。読者を眩惑する「選ばれた女」――「選ばれた」という語によって特権化され、須磨子や秋子、野枝の文学的営為も、すべてがスキャンダルにまみれながらも男に「選ばれた女」という評価にすり替えられるのだ。

注

（1）「週刊女性」は一九五七年三月に河出書房から創刊されたが、同社の経営不振によってわずか一カ月で休刊となり、同年八月から版元が主婦と生活社に代わって、現在に至る。

（2）前掲『週刊誌五十年』、ならびに前掲『ミッチー・ブーム』を参照。石田は、一九五六年創刊の「週刊新潮」以降の週刊誌の特徴について「一九五六年の『週刊新潮』の創刊以後、相次いで登場した出版社系週刊誌は、皇太子妃決定後、熱心な皇室報道を行ったことをきっかけに多くの読者を獲得し、新しく「マス・メディア」の仲間入りを果たすことになる。なかでも、皇室情報と結びつくことで大きく発展したのが、出版社系週刊誌のなかの女性週刊誌である」（前掲『ミッチー・ブーム』一〇一―一二ページ）と指摘している。

（3）片岡正巳「週刊誌・その競争意識の内と外2――女性週刊誌の華やかな競合」、総合ジャーナリズム研究所編「総合ジャーナリズム研究」一九七〇年十月号、東京社

（4）女性週刊誌に関する文学研究については、金恵珍「『週刊女性自身』の立場と戦略――昭和三十年代のメディアと文学1」（「立教大学大学院日本文学論叢」第三号、立教大学大学院文学研究科日本文学専攻、二〇〇三年）、ならびに同氏による「『週刊女性自身』と読者参加小説「赤い殺意」（藤原審

爾）——昭和三十年代のメディアと文学2」（「立教大学日本文学」第九十号、立教大学、二〇〇三年）、また拙稿「「禁じられた恋」のゆくえ——女性週刊誌『ヤングレディ』に掲載された「実名連載小説」をめぐって」（「大妻国文」第四十三号、大妻女子大学、二〇一二年）、「女性週刊誌で「ヒロイン」を語るということ——石垣綾子「近代史の名ヒロイン」を考える」（「大妻国文」第四十四号、大妻女子大学、二〇一三年）がある。拙稿については本書第4・6章を参照。

（5）上田真吾「女性週刊誌のハレンチ度を総点検」「特集・マスコミ片輪論」「勝利」一九六八年七月号、勝利出版

（6）田中澄江「いかにも婦人好み 「週刊女性」第一号を読む」「読売新聞」一九五七年三月六日付

（7）渡辺一衛「女性のなかの二つの近代——「女性自身」と「婦人公論」」「特集 女の一生」「思想の科学 第五次」一九六三年二月号、思想の科学社

（8）「実名連載小説 禁じられた恋に生きた女たち」については、本書第4章を参照。

（9）ここに挙げた「微笑」とは、本章で検討する四大女性週刊誌の後発誌として一九七一年四月に祥伝社から創刊された隔週刊行の女性週刊誌である。「微笑」と「近代史の名ヒロイン」については、本書第6章を参照。

（10）「女性週刊誌とOL」「読売新聞」一九六六年二月二十七日付

（11）井上輝子「ジェンダーとメディア——雑誌の誌面を解読する」、鈴木みどり編『メディア・リテラシーの現在と未来』所収、世界思想社、二〇〇一年、一三七—一三九ページ

（12）金野美奈子『OLの創造——意味世界としてのジェンダー』勁草書房、二〇〇〇年、一八三ページ

（13）落合恵美子「ビジュアル・イメージとしての女——戦後女性雑誌が見せる性役割」、天野正子ほか編『新編 日本のフェミニズム 表現とメディア』所収、岩波書店、二〇〇九年、六六ページ

（14）こうした男性に選ばれることと、読者共同体の関係については、久米依子『「少女小説」の生成——ジェンダー・ポリティクスの世紀』（青弓社、二〇一三年）を参照。久米はこのなかで、「男性に〈選ばれる〉ことが〈あるべき女性〉像の前提としてある以上、少女文化のなかでもセクシュアルな要素を取り扱う必要があったからである。良妻賢母主義が少女の〈あるべき像〉に強いるねじれを、そこに見いだせる」（前掲『「少女小説」の生成』二一二ページ）と少女雑誌の構造を指摘しており示唆を受けた。こうした構造は、少女雑誌だけでなく、女性週刊誌でも繰り返されている。ほかに、小倉孝誠『〈女らしさ〉の文化史——性・モード・風俗』（〔中公文庫〕、中央公論新社、二〇〇六年）も参照。

第6章　女性週刊誌で「ヒロイン」を語るということ
——石垣綾子「近代史の名ヒロイン」を考える

良きにつけ悪しきにつけ、高度経済成長期とは、現代の日本社会の原型を作り上げた時代であった。この現代の日本社会の原型を作り上げた高度経済成長期に誕生したものの一つに、女性週刊誌を挙げることができる。女性週刊誌というメディアが、高度経済成長期に創出された働く若い女性たち、いわゆるビジネス・ガール〈BG〉やオフィス・レディ〈OL〉を主要読者に据えながら発展していったことは、石田あゆうによる指摘によって既に明らかだろう。[1] 通勤する女性となった彼女たちを担い手に、現代ではほとんど見られない光景ではあるが、女性週刊誌は通勤途中の電車内で読まれ、消費されていったのである。

こうした〈BG〉や〈OL〉を主要読者に持つ、一九六〇年代から七〇年代の女性週刊誌の特徴の一つに、「週刊朝日」や「週刊新潮」といった週刊誌に比して、小説の掲載が少ないということが挙げられる。そのため女性週刊誌が文学研究の対象になることは少ない[2]のだが、そうかといって女性週刊誌に文学的要素がないわけではない。ここで言う文学的要素とは、例えば本書第4章から繰り返し登場する松井須磨子や波多野秋子、柳原白蓮、伊藤野枝、山崎富栄といった人物を常連としながら、連載の長短に合わせて様々な女性をシリーズとして取り上げていたことを指す。少し例を挙げてみるならば、「週刊女性」では「この人・この愛・この苦悶」（一九六七年一月一日号―七月八日号）が、また「ヤングレディ」では本書第4・5章で論じた「実名連載小説　禁じられた恋に生きた女たち」（一九六七年三月二十日号―五月二十二日号）と、「ドキュメント情死・選ばれた女」（一九七一年一月四日号―三月十五日号）といったシリーズが連載されていた。[(3)] これらのシリーズに描かれる女性たちは、心中や情死、駆け落ち、略奪といった言葉で彩られ、そうした負性を帯びたイメージはいまもなお、様々な媒体を通して彼女たちを取り巻き、イメージ付けていると言えるだろう。

このように女性週刊誌で繰り返されたシリーズの一つに、石垣綾子による「近代史の名ヒロイン」（「微笑」一九七五年一月二十四日号―十二月二十七日号、祥伝社）がある。一九七五年という時を生きる読者を相手にする女性週刊誌というメディアは、はるか遠い昔の、読者にとってはいまやニュース性もない「近代」の「ヒロイン」たちを誌面に甦らせることに何を見いだしたのだろうか。本章では、女性週刊誌の歴史をたどることで四大女性週刊誌のあとに刊行された「微笑」の位置を確認しながら、石垣綾子「近代史の名ヒロイン」に光を当てる。約一年という長きにわたるこのシリーズを見渡すことで、「ヒロイン」を語ることの意味を検討したい。

1　女性週刊誌「微笑」の誕生

一九五七年三月創刊の「週刊女性」（河出書房―主婦と生活社）から始まる女性週刊誌の歴史を振り返ってみれば、その背景に、読者として発見された若い女性の存在と、一九五八年十一月に発表された皇太子妃の決定から〈ご成婚〉へと続く〈ミッチーブーム〉を押さえることができるだろう。[4]それは皇太子妃決定とほぼ時期を同じくして創刊された「週刊女性自身」（一九五八年十二月創刊、光文社。以下、「女性自身」と略記）の創刊当初の姿に如実に示されている。「女性自身」は、その創刊号に同年九月に発生し、多数の犠牲者を生んだ狩野川台風に関連したグラビア「三つの墓標」を掲載、トップ記事には事件発生から十年を迎えた松川事件の被告の妻を扱ったルポルタージュ「今度こそ夫を返して　幼な子を抱えて十年　高橋被告の妻　最後の訴え」を載せた。多くの雑誌が皇太子妃決定をトップ記事として扱うなかで独自路線を示した「女性自身」の創刊号は、結局多くの返品を生み出し、第二号では〈ミッチーブーム〉に後押しされた記事をトップに据え、翌年にはさらに〈ミッチーブーム〉を飛躍させる側に回るのである。[5]この「女性自身」の編集方針の転換からは、〈ミッチーブーム〉関連の記事が、女性週刊誌に不可欠の存在だったことがうかがえるだろう。そして、「週刊女性」と「女性自身」の二誌が競合する時代を経て、女性週刊誌はさらに発展し、六三年五月には「女性セブン」（小学館）が、同年九月には「ヤングレディ」（講談社[6]）が相次いで創刊された。

こうした「女性セブン」と「ヤングレディ」の創刊によって迎えた、四大女性週刊誌揃い踏みの様相について、工藤宜は次のように語っている。

バックナンバーをめくっていくと、変化は徐々に誌面にあらわれているばかりではないのに気がつく。不連続に激しく変っていく節目があるのだ。一九六六（昭和四一）年がそれである。ワイド化が実行された。夏にワイド化した『女性自身』のあとをすぐに『週刊女性』を除く他誌が追った。（略）

ワイド化は、単に誌面が大きくなっただけではなかった。『女性自身』ではこの前後に内容が変っている。いまの女性週刊誌のタイプができあがったといえる変化がくるのだ。『週刊女性』『女性自身』『女性セブン』『ヤングレディ』の四誌が揃ったのが一九六三（昭和三八）年、競争が激しさを増したことから、政策の転換に迫られた。それまでは常に売り切れの状態にしておくのが販売政策上いいのだということだったが、スポンサーの獲得上からも、大部数が要請され、そのためにも、一層読者の潜在的要望を汲みあげる編集が必要になった。芸能界のゴシップ――結婚、離婚話が目立って誌面を飾るのである。(7)

〈ミッチーブーム〉を経て、美智子妃を頂点とする皇室関連記事は、いわば女性週刊誌の定番となった。その定番に新風を吹き込んだのが、家庭へのテレビの普及にともなって生まれた「芸能界のゴシップ」である。この「芸能界のゴシップ」を中心とした誌面構成は、「女性自身」に牽引されるかたちで、ほかの三誌にも浸透し、四誌が競合する一九六〇年代後半には、現在に通じる女性週刊誌ができあがっていったのである。もちろん、このような女性週刊誌のあり方については、「女性週刊誌といえば、有名無名を問わず、他人のプライバシーに土足で踏込んでかきまわす、ボウジャク無人、インギン無礼、ケイチョウ浮薄の代名詞[8]」といった否定的な見方も多く、「女性週刊誌のハレンチ度を総点検[9]」というように「ハレンチ」な存在として認識する傾向が強かったことも否めない。

この四大女性週刊誌の時代を経て、一九七一年四月に祥伝社から、「ハレンチ」をさらに加速させた女性週刊誌「微笑[10]」が誕生した。四大女性週刊誌に「微笑」が加わった七〇年代、女性週刊誌は「「女性自身」「女性セブン」「週刊女性」「ヤングレディ」」、それに隔週刊の「微笑」を加えると女性週刊誌の発行部数は毎週三百万に近いという。（略）いまではテレビ、新聞と並ぶ情報源となった[11]」と言わしめるほどの一大メディアに成長したのである。この「微笑」については、亀井淳が「「微笑」を苦笑するか冷笑する女性は多い。しかし女性もワイ談は嫌いではないし、水で割った「微笑」路線の企画が「婦人公論」や「ウィズ」など多くの女性誌に影響を与えている[12]」と指摘するように、他の女性週刊誌よりも性に関する実話や記事が多いことで知られている。このような「微笑」の編集のあり方は、「微笑」創刊当時の新聞掲載広告にも明確に示されていた。ここで、その広告を確認してみよう。

一九七一年四月二十四日付の「読売新聞」には、「微笑」の全面広告が掲載（図37）されていて、

図37　「微笑」創刊号の全面広告
（出典：「読売新聞」1971年4月24日付）

そこには、「全女性待望の創刊」「ミス・ミセスの区別なく結婚だけが目的でないヤング・アダルトの雑誌…本日誕生」という見出しが躍っている。先行する四大女性週刊誌が、結婚するまでの期間、企業で働く未婚女性を〈BG〉や〈OL〉といった言葉で定義付けし、彼女たちを主要読者として設定したのに対して、「微笑」は「ミス・ミセスの区別なく結婚だけが目的でないヤング・アダルト」を読者として設定したのである。この読者の設定には、当時の女性週刊誌の読者層の変化が大きく関わっていたと考えられる。「微笑」が誕生する一年前の一九七〇年、片岡正巳は、「行動的であった女性も、いったん家庭にはいると、その範囲はおのずから居住中心にならざるを得ないのが一般的傾向ではあるまいか。しかし、かつて勤めの行き帰りに、あるいは旅行の際に読んでいた週刊誌を、ひきつづいて読む主婦が増えた[13]」と四大女性週刊誌の読者層の推移を分析している。そうした読者層の変化を汲み取って誕生したのが「微笑」なのだ。つまり、〈BG〉や〈OL〉に代わる「ヤング・アダルト」を発見したところに、ほかの女性週刊誌との差異があるとひとまずくくることができるだろう。

2 石垣綾子「近代史の名ヒロイン」

このように先行する四大女性週刊誌との差異化を図ろうとした「微笑」に、一九七五年のほぼ一年間をかけて連載されたシリーズが、石垣綾子による「近代史の名ヒロイン」(一九七五年一月二十四日号—十二月二十七日号、全二十二回)である。全二十二回中、「第一回　松井須磨子(島村抱月との道ならぬ恋)／恋と劇に命を燃焼した女優一号」(一九七五年一月二十四日)については実物を確認・入手できなかったが、以下に第二回から第二十二回の一ページ目とタイトル、サブタイトル(図38—58)を示す。

近代演劇史に名を残す女優、歌人、社会運動家、小説の主人公となった女性など、図38から図58までの一ページ目には、実に多彩な「ヒロイン」たちの名前と写真が記されている。こうしてタイトルを一覧にして眺めてみると、いずれのタイトルにも、その回に扱う「ヒロイン」の名前の下に、カッコ書きで簡単な紹介が付けられていることに気づくだろう。もちろん、わざわざ紹介を付けずとも読者には名前だけで十分理解できる「ヒロイン」もいたはずだが、カッコ書きで紹介を書いてみせるという行為からは、一九七五年という時を生きる読者にとって、「近代史の名ヒロイン」たちが改めて紹介が必要な存在であることも意味しているだろう。

連載第一回のリード文を確認してみれば、「明治から敗戦まで生きた女たち。その中には、時代

近代史の名ヒロイン
両親を捨てて
恋こがれる鉄幹のもとへ
第2回 与謝野晶子
妻子ある男と結ばれた情熱歌人
石垣綾子
微笑

図38 「第2回 与謝野晶子（情熱的に生きた明治歌人）／妻子ある男と結ばれた情熱歌人」「微笑」1975年2月8日号

近代史の名ヒロイン
山の手の良家の娘から世間に反抗し同棲するまで
第3回 平塚らいてう
結婚を否定した強烈な女性解放者
石垣綾子
微笑

図39 「第3回 平塚らいてう（〝元始女性は太陽であった〟）／結婚を否定した強烈な女性解放者」「微笑」1975年2月22日号

の陰になり陽になり、奔放で自由な、そして愛ある生き方をした女が多い。この女性たちの歴史を評論家石垣綾子が綴る」と記されている。確かに、右に挙げた「ヒロイン」たちは「明治から敗戦まで」をその時代とともに「生きた女」たちだが、このようなリード文は、そう珍しいものではなく、例えば本書第4章で論じ、本章冒頭でも紹介した「実名連載小説 禁じられた恋に生きた女たち」（「ヤングレディ」一九六七年三月二十日号―五月二十二日号、講談社、全十回）の第一回「貴族と富豪を捨て第三の結婚へと走った 悩み多き情熱の女・柳原白蓮の一生」（一九六七年三月二十日号）には、「近代日本の女性史に名をとどめる、禁断の恋をつらぬきとおして生きた幾人かの女人群像を、女流作家の目で描ききった実名小説」というリード文が掲載されている。この二つのシリーズのリード文が示

図40　「第4回　岡田嘉子（戦時、ソ連へ越境した女優）／ソ連へ恋の逃避行した伝説の女優」「微笑」1975年3月8日号

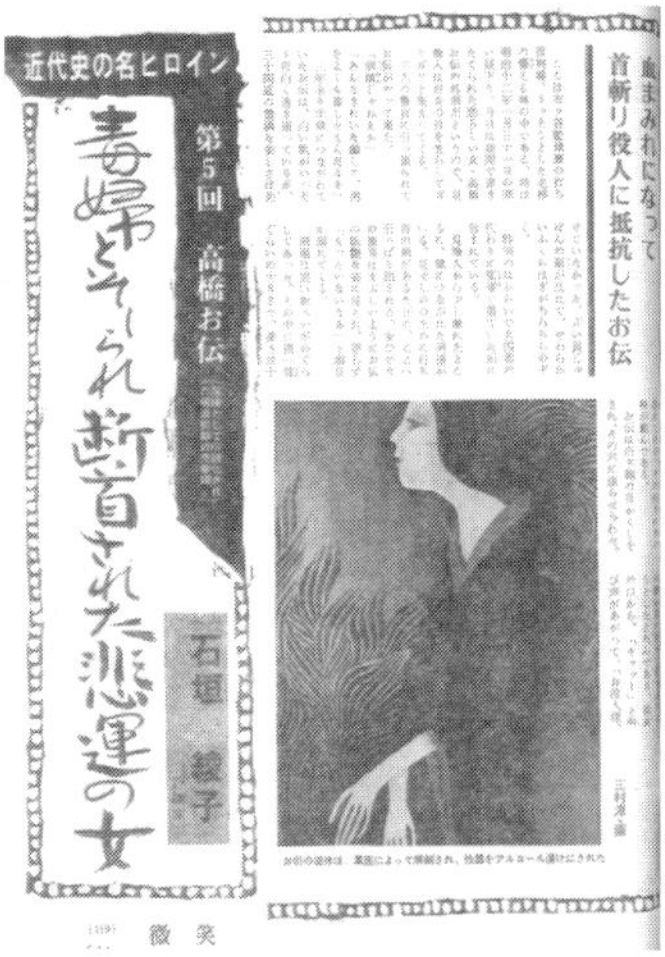

図41　「第5回　高橋お伝（淫婦として伝説化された明治初期の売春婦）／毒婦とそしられ断首された悲運の女」「微笑」1975年3月22日号

す、「明治から敗戦まで生きた女たち」「女性たちの歴史」「近代日本の女性史」といった言葉からは、「近代」の「女性たちの歴史」を描くという共通するテーマが見いだせるだろう。しかし、先に述べたとおり、一九六〇年代後半から七〇年代を生きる読者にとって、タイトルにカッコ書きで紹介を加えなければならないような「ヒロイン」をシリーズ化することにどのような意味があるのだろうか。ここで注目したいのが、女性週刊誌というメディアの特質と、女性週刊誌でシリーズを綴ることの意味である。

現在流通する女性週刊誌の原型を作り上げたのが「女性自身」であることは前述のとおりだが、その「女性自身」の初代編集長にして、「微笑」を発行する祥伝社の代表取締役をも務めた黒崎勇へのインタビュ

近代史の名ヒロイン
第6回　三浦　環
日本のプリマドンナの波瀾の生涯
石垣　綾子
世界的名声を得た　マダム三浦の〝蝶々夫人〟
微笑

図42　「第6回　三浦環（名声とスキャンダルに生きた声楽家第一号）／日本のプリマドンナの波瀾の生涯」「微笑」1975年4月12日号

近代史の名ヒロイン
第7回　波多野秋子
文豪と心中！非難を浴びた人妻記者
石垣　綾子
雨の軽井沢に　最後の愛が燃えあがった
微笑

図43　「第7回　波多野秋子（作家・有島武郎と心中した婦人編集者）／文豪と心中！　非難を浴びた人妻記者」「微笑」1975年4月26日号

ー内容をまとめた「言いたい聞きたい　女性週刊誌　祥伝社代表　黒崎勇さん」で、記者は黒崎による女性週刊誌の「編集理念」を次のようにまとめている。

メモ（黒崎さんがインタビューに先立って用意してくれた）によると「女性週刊誌の編集理念」として「人間がもっとも興味を示すものそれは人間である」だから「人間と、人間が綾（あや）なす事実、事件に対する興味の追及」を上げている。[14]

つまり、「人間」を丹念に追うことこそが「女性週刊誌の編集理念」だというのだが、そうした黒崎の理念は、黒崎が「女性自身」の編集長を務めていた際に、彼のもとで編集者として働いていた富田耕司にも

図44　「第8回　柳原白蓮（伯爵の娘としての結婚に反抗し離婚した歌人）／平和主義者と駆落した筑紫の女王」「微笑」1975年5月10日号

図45　「第9回　川上貞奴（明治時代、芸者から、海外で女優として活躍した美人）／花の都の男が憧れた明治一の美女」「微笑」1975年5月31日号

引き継がれていった。続いてもう一つ、次に挙げるのは、富田が編集長を務めていた「女性自身」の人気企画について評したものである。

　有名人だけを取り上げるのではなく、人間そのものを描く姿勢は、三年間つづけて来た「シリーズ人間」をみてもらっても理解してもらえると思う、と富田氏はいう。このシリーズは、確かに人気があるようだ。他誌三誌もこれを追った。「シリーズ・別れてよかった」（週刊女性）、「シリーズ・日本の母」（女性セブン）、「シリーズ結婚」（ヤングレディ）と、女性週刊誌は人間物語シリーズを欠かさない。(15)

これら「女性週刊誌の編集理念」と「近

近代史の名ヒロイン
第10回　高村智恵子
純愛詩に結晶した童女の妻との愛
石垣　綾子
九十九里浜の千鳥の舞う中
海風とたわむれる智恵子
微笑

図46　「第10回　高村智恵子（夫・光太郎の「智恵子抄」で有名な純愛に生きた女）／純愛詩に結晶した童女の妻との愛」「微笑」1975年6月14日号

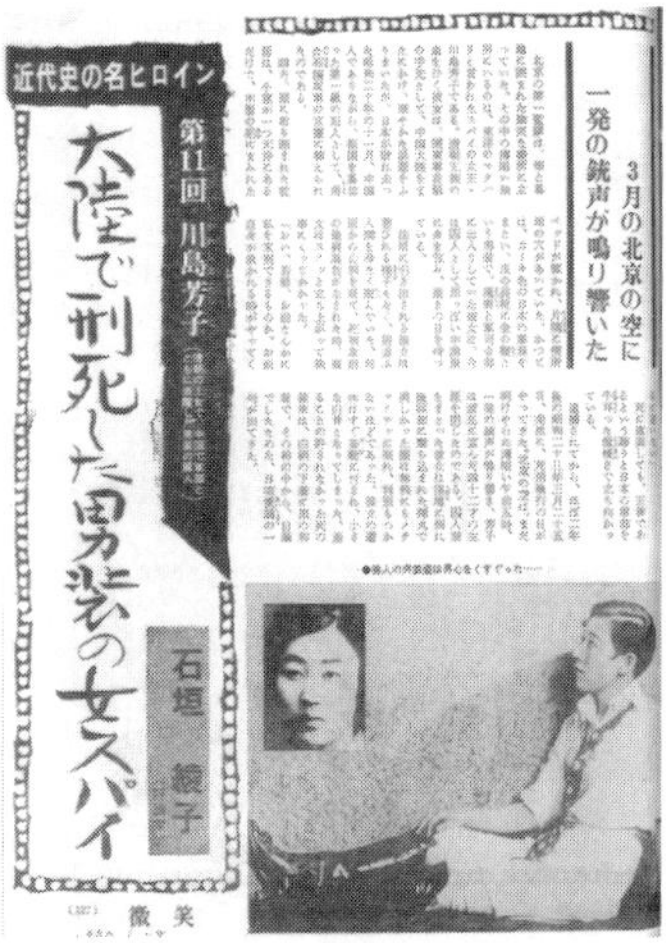
近代史の名ヒロイン
第11回　川島芳子
大陸で刑死した男装の女スパイ
石垣　綾子
3月の北京の空に
一発の銃声が鳴り響いた
微笑

図47　「第11回　川島芳子（清朝の王女で、中国で軍部とともに活躍した男装の麗人）／大陸で刑死した男装の女スパイ」「微笑」1975年6月28日号

代史の名ヒロイン」とをあわせて考えてみるならば、おのずと答えは出てくるだろう。「微笑」の読者にとって、はるか遠く、タイトルの段階で紹介を加える必要がある「ヒロイン」であっても、その「ヒロイン」を描き語る行為は、女性週刊誌というメディアが創刊当時から掲げる「人間そのものを描く」ことに通底していたのだ。

　これは前述の「ヤングレディ」掲載「実名連載小説　禁じられた恋に生きた女たち」においても言いうることである。さらにそれを、女性週刊誌で「人気がある」「人間そのもの」を描いたシリーズとして連載することで、読者たちの記憶に「ヒロイン」の姿は蓄積されていく。そのように捉えたとき、約一年間にわたる「近代史の名ヒロイン」の連載は意義深いものになるはずだ。けれども、そもそも「近代史の名ヒロイン」は、「人間そのもの」を描いているのだろうか。紙幅の都合上、全二十二回すべてを扱うことはできないが、以下にこの問いを考えたい。

3　写真から立ちのぼる「ヒロイン」の姿

ある特定の写真が、人物のイメージ形成に大きな役割を果たしているケースはよくある。阪本俊生は、そうした写真の効用を以下のように指摘している。

写真は個人の記号を、それがもともと存在していたコンテクストから視覚的に切り取り、様々な別のコンテクストにおくことを可能にする。（略）
写真は事実を伝えていると一般に考えられる一方で、アングルの選び方、フレーミング、写真がおかれるコンテクスト、あるいは写真に付与されるキャプションなどによって、実際の過去のできごとを再構成する性格をもつ。例えば、一枚の写真からいかに巧妙にストーリーが構成されるかは、写真週刊誌を想起すれば明らかである。写真が重視されるのは、もちろんそれが情報を提供するからである。しかし、（略）写真はしばしば物語るために用いられるのである。（略）
写真につけられたキャプションは、その写真の読み方を指示する。しばしば、それは写真の

図48 「第12回　ひめゆり部隊（第二次大戦で、悪夢のような生と死を生きた沖縄の女高生）／沖縄に散った少女の短い生涯」「微笑」1975年7月12日号

図49 「第13回　松旭斎天勝（明治から昭和初期まで、その志気と美貌で絶大な人気を誇った魔術の女王）／視線の技巧で男心を操った女魔術師」「微笑」1975年7月26日号

解釈のためのコンテクストを与え、さらにその影像のイメージを再構成する(16)。

右のような出来事は、「近代史の名ヒロイン」でもおこなわれていた。「近代史の名ヒロイン」各回の一ページ目には、先の図38から図58が示すように、その回の「ヒロイン」を表す写真や、ときには挿絵が付けられているのだが、そのなかの一つ、第十三回「松旭斎天勝（明治から昭和初期まで、その志気と美貌で絶大な人気を誇った魔術の女王）／視線の技巧で男心を操った女魔術師」（前掲「微笑」一九七五年七月二十六日号）に注目してみよう。

図59は、「近代史の名ヒロイン」の第十三回「松旭斎天勝」の写真であり、も

図50　「第14回　荻野吟子（明治時代、日本で初めての女医となり、のち、北海道で活躍した執念の女性）／女医一号の屈辱と冒険の生涯」「微笑」1975年8月9日号

図51　「第15回　管野すが（明治時代、大逆事件の紅一点として絞首台に消えた女性）／自由な恋に生きた女性革命家の最期」「微笑」1975年8月30日号

う一方の図60は、川島芳子をモデルとする『男装の麗人』（中央公論社、一九三三年）などで名を馳せた作家、村松梢風による新聞連載小説「魔術の女王」[17]に掲載された挿絵である。一見して、いずれも同じ構図であることは容易に判別できるが、ここで問いたいのは、同じ構図の写真と挿絵でありながら生じていく、松旭斎天勝の異なる表象である。図59と図60とは、舞台『サロメ』をもとに、天勝が奇術の余興として演じた「サロメ」の一場面（サロメとヨカナーンの首の対面）にあたる。川上貞奴や松井須磨子演じる「サロメ」とは異なり、奇術師・天勝の「サロメ」は、天勝が扮するサロメの美しさもさることながら、晒し首となったヨカナーンがしゃべりだす奇術の演出で一躍人気を得た。先にも述べたとおり、図59と図60は同じ構図ではあるが、図

図52 「第16回　原阿佐緒（当時の有名科学者、石原純とのスキャンダラスな同棲）／三たび恋にやぶれた哀愁の歌人」「微笑」1975年9月13日号

図53 「第17回　おけい（会津藩の町人娘が戦火の中から東京へ脱出、北米へ移民、若くして死ぬまで）／新天地《アメリカ》に死んだ移民第一号の美少女」「微笑」1975年10月11日号

60とその挿絵を擁する小説が天勝の『サロメ』の成功そのものを意味するのに対し、図59は『サロメ』の成功という意味合い以上のもの、すなわち「視線の技巧で男心を操った女魔術師」というタイトルと同じページに収められることで、「男心」を誘惑する女という記号性を帯びて前景化されるのだ。

確かに、この「近代史の名ヒロイン」に限らず、天勝が放つ視線は話題にもなっていて、「魔術の女王」のなかにも、「「あの人を明日の晩も来さしてやろう」と思えば、黙って舞台から秋波を送ると、その男は翌晩も必ずやって来て、同じ場所にいたものだという」と天勝の「視線の魔力」が記されているが、それは「サロメ」と直接関係がある章に書かれているわけではない。約四カ月連載された新

近代史の名ヒロイン
反逆思想と恋に生きた行動の女
第18回　福田英子
石垣綾子
獄中の人気者、女権の拡張者
東洋のジャンヌ・ダルク！
微笑

図54　「第18回　福田英子（自由民権運動の女闘士として苦難の一生を送った明治女性）／反逆思想と恋に生きた行動の女」「微笑」1975年10月25日号

近代史の名ヒロイン
パリで情人に撃たれた世紀の妖婦
第19回　宮田文子
石垣綾子
「撃てるものなら、撃ってごらんなさい！」
微笑

図55　「第19回　宮田文子（仏文学者無想庵と再婚、73才でネパール紀行など昭和一の話題の女性）／パリで情人に撃たれた世紀の妖婦」「微笑」1975年11月15日号

聞小説と、一年近く連載されたシリーズとはいえ、一話読み切り形式の「近代史の名ヒロイン」とでは、内容の厚みに差があるのは当然のことなのかしれない。「近代史の名ヒロイン」の内容自体は、「天勝、男心をくすぐる〝視線の技巧〟を発明！」「十一才で身売りされた「泣かずのおかつ」」「二十四才で独立、一座を率いて華やかな黄金時代を築くまで」という三章構成で奇術師・天勝の一生を描いたものだが、先にも挙げたとおり、阪本俊生が指摘する「個人の記号」を「再構成する」という写真の役割を考えたとき、「近代史の名ヒロイン」に掲載された「サロメ」の写真は、セクシュアルな存在としての天勝を可視化し、当たり芸以上の意味を持って「女魔術師」天勝をイメージ付けるものとなるのだ。

図56　「第20回　伊藤野枝（〝青鞜〟を飛躍させ、大杉栄、神近市子との「日陰の茶屋」事件後、憲兵に殺された女性）／恋と思想に生き虐殺された炎の女」「微笑」1975年11月29日号

図57　「第21回　相馬黒光（明治時代、新宿中村屋を創立、かたわら、芸術家たちを育成した気骨の女性）／パンと芸術家を恋より愛した女」「微笑」1975年12月13日号

もう一つ、第七回「波多野秋子（作家・有島武郎と心中した婦人編集者）／文豪と心中！　非難を浴びた人妻記者」（前掲「微笑」一九七五年四月二十六日号）を見てみよう。

周知のとおり、図61・62の写真は、波多野秋子を語る際によく用いられる写真である。この写真とともに、秋子を語るとき、必ず強調されるのが秋子の目である。図61と同様の写真を用いた図62は、本書第5章で取り上げた女性週刊誌「ヤングレディ」掲載のシリーズ「ドキュメント情死・選ばれた女　第6回　有島武郎の同行者　落葉松林の山荘で惜しみなく愛は奪う」（一九七一年二月十五日号）の一ページ目に載せられたものだが、「秋子は（略）実業家・林謹吉郎が新橋の芸妓に生ませた日陰の子。その美貌は母親ゆずりだった。とくに、めりはりのきいた瞳は、神秘的なほどの輝きを秘めていた。谷崎潤一郎が〝名妓の眼〟、室生犀星が〝虹のような瞳〟と讃えたほどだ」（前掲「有島武郎の同行者」）という秋子の出自と目の関係と秋子の写真とが、一種のパターンとして語られるのだ。「近代史の名ヒロイン」の場合もそれは同様で、「名妓といわれた母と実業家の林謹吉郎との間に生れた娘で、いわゆる妾の子であった」「谷崎潤一郎は彼女についてこういっている。「名妓のもつ目で、あっさりした、それでいて粗野ではなく女性的な繊細な感じを与えるタイプ」」と書かれている。男たちによって語られる「名妓」の目を持つ秋子。セクシュアリティの意味合いを伴って語られる秋子の目と出自と写真とが互いに補完しあいながら、「人妻記者」秋子の姿を作り上げていくのである。

言うまでもなく、こうした秋子の目については、情死直後からメディアを通して知られていた。

図58　「最終回　異色自伝！　愛と冒険に挑みつづけた女の軌跡」「微笑」1975年12月27日号

「秋子さん、僕はあなたに頼む。有島を殺さないで下さい。有島が死ねば、三人の子は孤児になるんだ……」

「そを、あなたは係累がおあんなすったのでしたつけねえ」

と、上は目を使って有島を見詰めながら

「二人で解つてさへ居ればいゝのね」

「あなたは愛する者の死を欲するのか」

近代史の名ヒロイン
第13回 松旭斎天勝
視線の技巧で男心を操った女魔術師
石垣綾子
天勝、男心をくすぐる〝視線の技巧〟を発明！
微笑

図59　石垣綾子「近代史の名ヒロイン　第13回　松旭斎天勝（明治から昭和初期まで、その志気と美貌で絶大な人気を誇った魔術の女王）／視線の技巧で男心を操った女魔術師」、前掲「微笑」1975年7月26日号

又しても上は目を使つて有島を見詰めながら
「二人で解つてさへ居ればいゝのね」

「ふん、流石は商売人の妻だ。打算は巧みなもんだ。ではどうしても……」

「君、どうか秋子を許してやつて呉れ。（略）」

（足助素一「淋しい事実」「泉」有島武郎記念号、叢文閣、一九二三年八月、一六―一七ページ）


「有島武郎記念号」と銘打って刊行された雑誌「泉」に足助素一が寄せた「淋しい事実」には、右のように、死を決意した秋子と有島二人の前に、足助が説得を試みている場面が記されている。足助の「有島を殺さないで下さい」という嘆願からわかるように、情死の主導権は秋子にあり、秋子は「上は目」を使って有島の「死を欲する」女として描かれているのである。もちろん、足助による右の文章は、「有島武郎記念号」に掲載されるべく書かれた、有島武郎を擁護する立場に偏った文章である。しかし、ここで注意したいのは、こうした秋子の目が、情死後五十年を経てもなお、

図60　村松梢風「近世名勝負物語　魔術の女王」
（出典：「読売新聞」1957年6月17日付。挿絵は富永謙太郎）

図62　「ドキュメント情死・選ばれた女　第6回　有島武郎の同行者　落葉松林の山荘で惜しみなく愛は奪う」、前掲「ヤングレディ」1971年2月15日号

図61　石垣綾子「近代史の名ヒロイン　第7回　波多野秋子（作家・有島武郎と心中した婦人編集者）／文豪と心中！　非難を浴びた人妻記者」、前掲「微笑」1975年4月26日号

女性のためのという触れ込みで創られた女性週刊誌で瞬き、語り継がれている点である。

ここで挙げたのは「近代史の名ヒロイン」の一例にすぎないが、第十二回の「ひめゆり部隊」を除く大半が、そのタイトルを見ただけでも、セクシュアリティを強調され、男性ジェンダー化した視線を内包して語られるステレオタイプの「ヒロイン」であることがわかる。その「ヒロイン」の姿は、本章冒頭で取り上げた四大女性週刊誌で、「近代史の名ヒロイン」に先駆けて連載されていた各シリーズに描かれた姿と何ら変わらない。先に確認したように、「微笑」は先行する四大女性週刊誌との差異化をはかるために「ヤングアダルト」という言葉で、新たな読者の囲い込みを目指したが、そうした意気込みに反して、「ヒロイン」たちは四大女性週刊誌と同じ手つきで綴られるのである。事実と誇張と写真（あるいは挿絵）が混じり合いながら作り上げる「ヒロイン」の姿は、ともすればすべて事実として読んでしまいたくなる欲望を生み出すだろう。

先走って言うならば、「近代史の名ヒロイン」シリーズが、四大女性週刊誌で連載されたシリーズと異なる点は、この欲望にどのように向き合えばいいのかをシリーズ最終回で示している点に尽きるだろう。「近代史の名ヒロイン」の最終回、「異色自伝！　愛と冒険に挑みつづけた女の軌跡」は、そのタイトルが示すとおり、「近代史の名ヒロイン」の筆者・石垣綾子の自伝によって締めくくられている。

4　「自伝」を読むという行為

「近代史の名ヒロイン」の最終回、「異色自伝！　愛と冒険に挑みつづけた女の軌跡」は、次のように書きだされる。


　一年間続きました『近代史の名ヒロイン』も今回で最終回となりました。

そこで、今回は、これまでのヒロインと優る劣らず波乱万丈の生涯を生きている、筆者自身に登場して戴きました。

　本文は、編集部の取材に、石垣綾子先生が手を加えられたものです。

（前掲「異色自伝！　愛と冒険に挑みつづけた女の軌跡」一二五ページ）


「恋愛至上主義者だった初恋の時代」「借りた結婚指輪は、離婚した友人のものだった」「栄太郎との愛と冒険の時代は終った。そして、今……」という三章構成の概要を記せば、教育雑誌の編集助手を辞め、二十一歳で早稲田大学の聴講生となり、そこで初恋を経験し、二十三歳で外交官と結婚した姉とともに渡米、そこで画家・石垣栄太郎と出会い、結婚。経済的困難や夫婦の危機（「栄太郎の浮気」）を乗り越え、一九四六年に「明日の世界を築くための国際婦人会議」へ日本代表として参加、東西冷戦のなか、二十五年ぶりに夫と日本へ帰国するも、帰国後七年目で夫と死別。精力的な評論活動の傍ら、画家・別府貫一と再婚、翌年離婚——確かに、石垣綾子はこれまで一年間連載してきた「ヒロイン」に劣らない「波乱万丈の生涯」を、当時現在進行形で送っていたにちがいない。

しかし、「近代史の名ヒロイン」に記された石垣綾子の自伝には、彼女の名を世に知らしめたある論と、その論が巻き起こした論争が抜け落ちている——「主婦という第二職業論」(「婦人公論」一九五五年二月号、中央公論社)と、それが生み出した論争である。(18)

彼女をして「近代史の名ヒロイン」と語るとき、「近代」という時間と向き合いながら主婦について論じた「主婦という第二職業論」は欠かすことができないものだろう。にもかかわらず、この自伝には、「精力的な評論活動」と書くばかりで、「主婦という第二職業論」の内容もその論争についてもふれられていない。つまり、この「自伝」では、論争する女としての石垣綾子の存在は抹消され、とにかく、恋愛、結婚、夫の浮気、再婚、離婚といった「波乱万丈」な女の「自伝」として仕立てあげられているのである。

そもそも自伝とは、「一般に個人が自らの真実を語ろうとする営みである。ところが、それはまた一つのフィクションにしかなりえないというアイロニーがある。自伝は、その創作性のゆえにフィクションである小説にきわめて近いものとならざるを得ない(19)」という指摘に明らかなように、「フィクション」である。

筆者である石垣綾子や「微笑」編集部にどれほどの意識があったのか推し量ることはできないが、

少なくとも、「近代史の名ヒロイン」の最終回に自伝が置かれているということ、そしてその自伝を読むという行為は、おのずと石垣綾子という「ヒロイン」／フィクションに向き合うことにつながるのだ。挑発的なタイトルや見出しと写真とによって語られる「ヒロイン」の姿を、「人間そのもの」として読みたくなる欲望にかられるのは当然のことだろう。しかし、この「自伝」が最終回に置かれることによって、事実と誇張と創作とが交じり合う「近代史の名ヒロイン」というシリーズ（ならびに、四大女性週刊誌で繰り返されたシリーズ）がフィクションであるということを、まざまざと再認識させられる。

石垣綾子が、ここに描かれたヒロインたち――いわば他者を代弁するのは、もちろん「微笑」編集部からの執筆依頼があってこそだろうが、社会運動家という石垣自身の使命感から発せられたものでもあるだろう。社会運動家という彼女の立場を考えれば、「近代」の「ヒロイン」を読者に伝える行為は当然のことである。しかし、石垣綾子によって物語化された「ヒロイン」たちは、これまで同様、あるいはそれ以上に、セクシュアリティを強調された男性ジェンダー化した文脈のなかで読む「ヒロイン」にすぎないのだ。一年近く連載された女性たち一人ひとりの生きざまを、わずか四ページで書き表すことは到底できない。「ヒロイン」に付随する断片化されたエピソードをつなぎ合わせて物語化し、さらに、ときおり文中に石垣綾子の解釈が差し挟まれることによって、石垣綾子の「ヒロイン」として、誌面にその姿を表すことになるのである。それは最終回で自己を「ヒロイン」として語る際にも顕著に示されている。最終回は、石垣綾子が語った内容を、編集部がまとめたというものであって、石垣の意思がどこまで文面に反映されていたかは定かではないが、先に確認したとおり、都合よくまとめられた「ヒロイン」という面は払拭できないだろう。読者たちに「ヒロイン」の生きざまを教え諭すこと、それ自体は、連載や単発の違いはあるにせよ、女性週刊誌がたびたびおこなってきた手法の一つである。ただ今回の場合の大きな相違点は、書き手だった石垣綾子本人が最終回に「ヒロイン」と化したこと、それによって「ヒロイン」の虚構性がより明確になったことではないだろうか。

美智子皇太子妃を頂点とする皇室記事が、当時の女性週刊誌の〈聖〉ならば、「ヒロイン」たちは〈悪〉なる存在として描かれている。それは、〈聖〉〈悪〉という女性表象の二元構造[20]を、当時としては新しいメディアだった女性週刊誌がそのまま踏襲したことを意味しているだろう。フィクションがせめぎ合う女性週刊誌という場で、「ヒロイン」は艶然と微笑んでいる。

注

（1）前掲『ミッチー・ブーム』を参照。

（2）女性週刊誌に関する文学研究については前掲「「週刊女性自身」の立場と戦略」、ならびに同氏による前掲「「週刊女性自身」と読者参加小説「赤い殺意」（藤原審爾）」がある。

（3）「ヤングレディ」掲載の「実名連載小説　禁じられた恋に生きた女たち」については本書第4章を参照。

（4）読者としての若い女性の発見については、前掲「「若い女性」雑誌の時代」を参照。また、〈ミッチーブーム〉については、前掲『ミッチー・ブーム』を参照。

(5) 同前

(6)「ヤングレディ」は一九六三年九月から八七年まで講談社から刊行。なお、七六年から、隔週で刊行された。

(7) 工藤宜「女の戦後史67　女性週刊誌――ゴシップは批評にまで発展しうるか」、朝日新聞社編「朝日ジャーナル」一九八四年七月十三日号、朝日新聞社、七六ページ

(8) 滝谷節雄「本をたずねて　女性週刊誌の編集室」「朝日新聞」一九七〇年三月二十五日付

(9) 前掲「女性週刊誌のハレンチ度を総点検」一〇二ページ

(10)「微笑」は一九七一年から九六年まで祥伝社から刊行された女性週刊誌。正しくは、隔週刊だが、前掲『週刊誌の読み方』の「週刊誌三五誌エンマ帳」のなかにも掲載されていて、一般的に女性週刊誌として認識されている。

(11) 無署名「言いたい聞きたい　女性週刊誌　祥伝社代表　黒崎勇さん」「朝日新聞」一九七五年三月二十五日付

(12) 前掲『週刊誌の読み方』二七六ページ

(13) 前掲「週刊誌・その競争意識の内と外」七〇―七一ページ

(14) 前掲「言いたい聞きたい　女性週刊誌　祥伝社　黒崎勇さん」

(15) 前掲「週刊誌・その競争意識の内と外」七〇―七一ページ

(16) 阪本俊生『プライバシーのドラマトゥルギー――フィクション・秘密・個人の神話』（Sekaishiso seminar）、世界思想社、一九九九年、一〇―一六ページ。また、小林美香『写真を〈読む〉視点』（〔写真叢書〕、青弓社、二〇〇五年）も参照。

(17) 村松梢風「魔術の女王」は、一九五七年四月十四日から八月二十二日まで「読売新聞」に連載された新聞小説。
(18) 石垣綾子「主婦という第二職業論」については、上野千鶴子編『主婦論争を読む——全記録』第一巻(勁草書房、一九八二年)、ならびに村上潔「一九五〇年代、石垣綾子による女性の結婚と労働への提言」(「Core ethics」第二号、立命館大学大学院総合研究科、二〇〇六年)を参照。
(19) 前掲『プライバシーのドラマトゥルギー』一二七ページ
(20) 女性表象の二元構造については、神奈川大学人文学研究所編/笠間千浪編集『〈悪女〉と〈良女〉の身体表象』(青弓社、二〇一二年)を参照。

[追記]

確認ができなかった「近代史の名ヒロイン」第一回のタイトルとリード文(「微笑」一九七五年一月二十四日号)については、祥伝社の鈴木道雄様からご教示をいただきました。ここに記してお礼を申し上げます。

また、本章は「言語と文芸の会二〇一一年度大会」(二〇一一年十二月十一日、於・明治大学)での発表の一部を加筆・修正したものである。発表に際してご教示くださった方々に感謝を申し上げます。

終章 〈女〉を語る場

1 「明治百年」と女性週刊誌

本書では、これまであまり文学研究の対象とされてこなかった女性週刊誌の記事を中心に、手記や写真・図像などを検討し、文学と関わった女性たちがどのように表象されたのかを検討してきた。以下、まずは本書の内容を振り返ってみたい。

第1部「スキャンダルを描く」では、いまなおスキャンダラスな余光に包まれて語られる〈太宰治〉の作家神話を補完するかのようなイメージが与えられた太田静子と山崎富栄について検討した。

太田静子の場合は、メディアでの報道のあり方を追うことで、「「斜陽」のモデル」としてのみにその価値を見いだされ、「斜陽」に取り込まれていくさまを、また、静子の〈書く行為〉に向けられたテクスチュアル・ハラスメントの様相を確認した。そして「「斜陽」のモデル」という姿は、娘・治子が綴る『手記』を原作とする映画『斜陽のおもかげ』によってさらに強度を増していく。治子による『手記』は、母・静子に見せかけて「贋のサインまで入っ」た「手記」が「週刊誌」に掲載されたことを教えてくれる貴重な資料であると同時に、『手記』から映画『斜陽のおもかげ』が作られる過程で、映画の作り手たちが何を重視し、何を切り捨てたのかを示す大きな資料ともなるだろう。

映画『斜陽のおもかげ』の脚本を通してみる「母」の姿は、「斜陽」のその後の理想的な物語としての母・「かず子」であって、いまだ「書く」ことへ意欲を見せる治子の母「静子」ではない。「太田静子」としては受け入れず、「斜陽」の「かず子」としてなら受け入れようとするメディアの姿の根底にあるのは、〈太宰治〉という男性作家の絶対視にほかならない。

そして太宰治とともに心中した山崎富栄については、「ヤングレディ」の「実名連載小説　禁じられた恋に生きた女たち」などを通して「献身」的な「愛」に「殉じた」生き方が富栄の〈物語〉として定説化し、それに見合った図像とともに表象され流通していったことを明らかにした。

第2部「スキャンダルを連載する」では、第1部でも取り上げた〈ミッチーブーム〉以降の女性週刊誌にさらに光を当て、女性週刊誌の誌面で連載される文学関連のスキャンダルを追った。

これまであまり文学研究の対象にならなかった女性週刊誌というメディアだが、様々な「女流作家」たちが描いた「実名連載小説　禁じられた恋に生きた女たち」(「ヤングレディ」)にも、「ヤングレディ」の記者によって描かれた「ドキュメント情死・選ばれた女」にも、そして、石垣綾子による「近代史の名ヒロイン」(「微笑」)にも、文学と関わった女たちは登場する。それらの連載はいずれも、男性ジェンダー化した視線を内面化して、セクシュアリティを強調した見出しや文章、図像によって繰り返し語られていた。

こうして繰り返し女性週刊誌のなかに文学と関わった女たちが登場する背景には、言うまでもなく、文学それ自体が、いまよりも格段に教養や娯楽として人々に認知されていたことが大きく関係しているだろう。そしてもう一つ、女性週刊誌のなかに登場する文学と関わった女たちが、「近代日本」を可視化させる役割をも担っていたことにも注意したい。

ここで、本書では詳しく触れなかったが、やはり文学と関わった女たちが多数登場する連載記事「この人・この愛・この苦悶」（「週刊女性」一九六七年一月一日号―七月八日号、主婦と生活社）の第十三回「孤閨十年、ひとりの吾は悲しかりけり」（「週刊女性」一九六七年四月一・八日合併号）を見てみたい。「この人・この愛・この苦悶」は全二十六回、取り上げられる人物は、文学に関わった女性に限らないが、右に挙げた第十三回に取り上げられた人物は、京都・西本願寺第二十一代法主の娘であり歌人でもある九条武子であった。この九条武子の記事のリード文と見出しは次のように書かれていた。

明治百年を通して日本一の美女は誰であるか？　藤山愛一郎氏や今東光氏から永六輔氏にいたる文化人七十三名のアンケートの結果、閨秀歌人・九条武子が日本一の美女に選ばれた（『週刊文春』三月二十日号）。――そこで……。（リード文）

明治百年最高の美女　九条武子がたどった不幸な結婚への道（見出し）
（前掲「孤閨十年、ひとりの吾は悲しかりけり」七六ページ）

「この人・この愛・この苦悶」が連載された一九六七年の翌年、六八年は「明治百年」、つまり明治改元百年にあたる。この六七年は、筑摩書房から『定本限定版　現代日本文学全集』全百巻が復刊された年でもあるのだが、女性週刊誌でも、「明治百年」は、「近代」という時間を振り返る記号として機能していたのである。また同年には、先に挙げた「週刊女性」の「この人・この愛・この苦悶」以外にも、本書第4章でまとめた「実名連載小説　禁じられた恋に生きた女たち」が「ヤングレディ」で連載されていた。その第一回「貴族と富豪を捨て第三の結婚へと走った　悩み多き情熱の女・柳原白蓮の一生」（前掲「ヤングレディ」一九六七年三月二十日号）のリード文には、「近代日本の女性史に名をとどめる、禁断の恋をつらぬきとおして生きた幾人かの女人群像を、女流作家の目で描き切った実名小説」と書かれていて、個々の「実名連載小説」の底流に、「近代日本」を振り返る行為が含まれていることがよくわかる。また、「明治百年」よりも数年後にはなるが、本書第6章で取り上げた石垣綾子の「近代史の名ヒロイン」（「微笑」）も、そのタイトルが示すように「近代日本」を振り返る意味合いが含まれていると言えるだろう。ここで注意しなければならないのは、そうした「近代日本」を振り返り語る場で、〈女〉たちの身体が欲望の対象として他者化されてしまうことであり、また、それが女性読者たちの間で再生産されてしまうことにも問題がある。

そして、女性週刊誌上で繰り返される他者化された女性表象は、文学が社会に与える影響が少なくなっていくなかで、文学と関わった女たちを離れ、また別のヒロインに注がれることになる。

2　女性週刊誌のその後

「週刊女性」「女性自身」「女性セブン」「ヤングレディ」、そして「微笑」。一見華やかに見えたこれら女性週刊誌を取り巻く環境は、一九八〇年代から九〇年代にかけて急激な変化を遂げることになる。

かつて〈ミッチーブーム〉を牽引した四大女性週刊誌の一つと称された「ヤングレディ」は一九八七年に、そして、四大女性週刊誌の後発誌として「ヤングアダルト」なる新しい読者層を提示して誕生した「微笑」は九六年に休刊し、以降、女性週刊誌は現在刊行されている「週刊女性」「女性自身」「女性セブン」の三誌のみとなった。創刊当初、高度経済成長期の〈BG〉や〈OL〉のためのファッション誌としての役割も担い、彼女たちにとって重要な情報ツールだった女性週刊誌は、七〇年代に登場し、瞬く間に話題をさらった「anan」（平凡出版〔現・マガジンハウス〕、一九七〇年創刊）や「non・no」（集英社、一九七一年創刊）をはじめとする女性誌に読者を奪われた結果、現在は「女性週刊誌という媒体がすでに古い」[1]とまで言われている。こうしたなか、文学自体もかつてのようなインパクトを失って、文学と関わった女たちが女性週刊誌の誌面に載ることも減少し

図63
（出典：森実与子「メディア批評　週刊誌　十年一日のごとく百恵・聖子におんぶ」「知識」1988年2月号、彩文社。挿絵画家は無署名のため不明）

ていった。

しかし、その一方で女性週刊誌は、文学と関わった女たちのスキャンダルを語るよりももっと身近で同時代的なヒロイン・松田聖子を発見することになる。松田聖子についてはあえてここで語るまでもないだろうが、一九八〇年代から九〇年代の女性週刊誌における松田聖子の語られ方を、簡単にまとめてみよう。

アイドルとして登場した松田聖子は二十四歳で出産、「仕事、妻、母の三役を見事にこなす」「聖子ママ」（「三月十日誕生日　〝二十五才・母の自覚〟とオーストラリア旅行愛の秘話！」「女性自身」一九八七年三月二十四日号、光文社）とたたえられたものの、翌年には「松田聖子の「夢と野望」」（「微笑」一九八八年二月二十七日号、祥伝社）とその身に「野望」を秘めた「戦略家」（前掲「微笑」一九八八年二月二十七日号）として表象された。こうして女性週刊誌の〈常連〉と化していく彼女の姿は、結婚後、芸能界を引退していた山口百恵（三浦百恵）と比較されることで女性週刊誌上をにぎわせていくことになる。図63は、当時の女性週刊誌が、引退してもなお人気があった〈良妻賢母型〉の山口百恵と、「野望」を胸にのし上がる「戦略家」の松田聖子によって成立していることを示すものと言える。

そして、松田聖子は、〈女〉がセクシュアリティとともに表象されるときに必ずと言っていいほど用いられる「魔女」(「米誌が非難ゴーゴー「聖子は〝東洋の魔女〟! ドニーをたらしこんだ」ニューキッズ・オン・ザ・ブロックのドニーワールドバーグ」「微笑」一九九〇年九月十五日号、祥伝社)という呼称まで冠せられることになる。ここでタイトルに使われている「東洋の魔女」という表現が、一九六四年東京五輪の日本女子バレーボールチームを意味する本来的な使い方ではなく、「ドニーをたらしこんだ」ふしだらな女としての「魔女」であることは言うまでもない。松田聖子に付与されたイメージは、本書で検討した文学と関わった女たちの表象のあり方と同種のものだと言っていい。松田聖子はこの後現在に至るまで、世間から相変わらずの視線を浴びせかけられながら、本人が好むと好まざるとかかわらず、女性週刊誌に君臨し続けるのだ。

3 ミソジニーの現場

このように女性週刊誌で繰り返される松田聖子へのバッシングに対して、樋口恵子は次のように述べている(以下の引用は、多忙な生活で「母である」ことを忘れ、父母会を欠席する松田聖子に向けられた女性週刊誌のバッシング記事に対して、樋口恵子が批評したものである)。

主として女性週刊誌、という限られたメディアにせよ、長年にわたって一挙手一投足を観察され、話題にされつづける本人の胸の内は、私などの想像に絶するものがある。主人公は皇族の一部とごく少数の芸能人――たとえばかつての三浦百恵さんであり、最近ではずっと松田聖子さんだ。皇族のほうは情報源が乏しいのと、皇室に対する日本型自己規制が機能してあんまりへんなことは書かれないが、芸能人のほうは虚実とりまぜて、書きたい放題の感じだから人ごとながら大変だ、と同情したくなる。

でも、一人の人間が数年にわたって話題になりつづけているさまをずっと見ていると、当の本人の人間像よりも、そのメディアの女性観がはっきり浮かび上がってくるからおもしろい。（略）この女性週刊誌の記事は、〔女の：引用者注〕働きにくさをさらに助長している。

（「メディア時評　女の働きにくさ助長する女性週刊誌」、朝日新聞社編「朝日ジャーナル」一九九〇年十一月九日号、朝日新聞社、一〇六ページ）

「一人の人間が数年にわたって話題になりつづけているさまをずっと見ていると、当の本人の人間像よりも、そのメディアの女性観がはっきり浮かび上がってくる」という樋口の指摘は、松田聖子だけでなく、本書が検討した女性週刊誌に掲載された文学と関わった女たちにも置き換え可能だろう。高度経済成長期の女性週刊誌に掲載された文学と関わった女たちの記事は、連載であれ単発であれ、〈女〉を語る際の負の要素に満ちていた。女性週刊誌は、現在にいたるまで、ミソジニーの場として機能しているのだ。もちろん、女性週刊誌上で繰り広げられる、虚実入り交じった言説を純粋にフィクションとして楽しむ読者もいるのだろうが、女性週刊誌というメディアが、男性ジェンダー化した視線を内包し、その視線を再生産する現場であることも忘れてはならない。
　そしてその構図はいまなお健在である。女性週刊誌が、男性ジェンダー化した視線を内包した現場であることを示す、最近の顕著な例に、二〇一四年六月十八日の東京都議会本会議場で質問に立った塩村文夏議員に対するいわゆる「セクハラヤジ」をめぐる問題を挙げることができるだろう。一部の週刊誌や女性週刊誌のなかには、鈴木章浩議員ら複数の議員による「セクハラヤジ」を非難する一方で、議場に飛び交った「セクハラ」発言とは異なる塩村議員の過去や人間性をあげつらう記事も出てきた。本来、都議会という都政を問う場に持ち込まれた恥ずべき行為をスライドさせたかわりに立ち現れたのは、塩村文夏という〈女〉を他者としてまなざし物語化すること、いわば、〈女〉の物語を紡ぐことであった。メディアのなかで召喚される〈女〉の物語は、負の要素に満ちている。虚実の境界を超えて描かれる物語は、いまなお登場人物を変え、設定を変え、連綿と続いていく。

注

（1）鈴木理栄「『女性セブン』『女性自身』『週刊女性』女性週刊誌三誌の変化と試行錯誤」「特集　逆風！週刊誌の徹底研究」「創」二〇〇四年六月号、創出版

初出一覧

本書は、学位論文「太宰治研究――〈女語り〉とその周縁」（大妻女子大学、二〇〇七年）の一部、ならびに「高度経済成長期の女性週刊誌における文学者の表象分析」（二〇一一年度財団法人大妻コタカ記念会学術研究補助）による研究成果の一部を基盤として、大幅に加筆・修正を加えたものである。

はじめに
書き下ろし

第1章　「斜陽」のざわめく周縁――〈太田静子〉のイメージ化
『『斜陽』のざわめく周縁――〈太田静子〉のイメージ化」「太宰治スタディーズ」第一号、「太宰治スタディーズ」の会、二〇〇六年、七三―八八ページ

第2章　こぼれ落ちる声――太田治子『手記』と映画『斜陽のおもかげ』
「こぼれ落ちる声――『手記』「斜陽」「斜陽のおもかげ」」「太宰治スタディーズ」別冊第一号、「太宰治スタディーズ」の会、二〇一三年、五〇―六〇ページ

第3章　「情死」の物語――マス（大衆）メディア上に構築された〈情死〉のその後
「〈太宰治〉を語る――マス（大衆）メディア上に構築された〈情死〉のその後と太宰イメージ」、斎藤理生／松本和也編『新世紀太宰治』所収、双文社出版、二〇〇九年、三九―五四ページ

第4章　「禁じられた恋」のゆくえ――女性週刊誌「ヤングレディ」に掲載された「実名連載小説」をめぐって
「「禁じられた恋」のゆくえ――女性週刊誌『ヤングレディ』に掲載された「実名連載小説」をめぐって」「大妻国文」第四十三号、大妻女子大学、二〇一二年、二四五―二六四ページ

第5章　「情死」はいかに語られたか――「ドキュメント情死・選ばれた女」めぐって
書き下ろし

第6章　女性週刊誌で「ヒロイン」を語るということ――石垣綾子「近代史の名ヒロイン」を考える
「女性週刊誌で「ヒロイン」を語るということ――石垣綾子「近代史の名ヒロイン」を考える」「大妻国文」第四十四号、大妻女子大学、二〇一三年、一四五―一六四ページ

終章　〈女〉を語る場
書き下ろし

おわりに

本書は、太宰治という作家を研究対象に選んだところからすべてが始まった。私が大学生のときに、「太宰治の没年秋、一度出版されて以来、世に出ることのなかった〝まぼろしの日記〟」と銘打たれて『斜陽日記』（〔小学館文庫〕、小学館、一九九八年六月）が刊行され、「斜陽」と「斜陽日記」とを同時に、しかもいずれも手軽な文庫本で読むことができた環境にあったせいもある。何しろ、一九四八年十月に一度出版されたきりの『斜陽日記』は、大学生の身では容易に入手できず、それまでは国立国会図書館のマイクロフィルムを利用していたのだから。この二冊の文庫本はいまも本棚に並べて置いてあるのだが、私をここまで連れてきてくれたのはこの二冊だったと言っていいだろう。

太宰の小説を読み進めるうちに突き当たった「斜陽」は、数多くの先行研究が示すとおり、小説そのものの面白さも十分感じさせてくれたのだが、どうしても私には、「斜陽」の周縁に置かれているイメージが紡がれる人々のほうが気になってしまった。太宰を取り巻くスキャンダルは、作家〈太宰治〉の神話化を補強すると同時に、そのスキャンダルの渦中にいた女たちに負の要素をまとわせて、彼女たちのイメージを作り上げていく。そんなことを考えながら、作家情報に分け入るうちにたどり着いたのが、本書で扱った静子の娘である太田治子の手記や、山崎富栄の手記、そして太宰だけでなく様々な作家情報を物語化した女性週刊誌である。

　人々が文学というものを最初に知るツールの一つである作家情報は、作家本人が意図しようとしまいと、メディアとの関わりのなかで作られていく。そして、そこで作り上げられた作家表象（イメージ）は、作家一人の表象に終始しない。家庭の本棚にも「文学全集」が並んだ高度経済成長期、「文学全集」とはまた違ったかたちで、〈文学〉は流通していたのである。男性作家と関わった女性や女性作家たちは、得体の知れぬ他者というイメージを付与され、メディアのなかを流通し、〈文学〉を補強していくのだ。

　本書で取り上げた問題の多くは、女性週刊誌という場を土台としながら、〈文学〉に関わる女たちがどのように物語化されたのか、そのときどのような力学がはたらいていたのかということであった。いまさら当然のことを言うようだが、国立国会図書館で製本済みの分厚い女性週刊誌をブックトラックで運びながら、そして石川武美記念図書館（旧・お茶の水図書館）で女性週刊誌の誌面に目を凝らしながら、〈文学〉とは、決して作家一人で作り上げるものではないということを、身をもって感じていた。


　本書ができあがるまでには、多くの方々にお世話になった。博士論文の審査にあたってくださった須田喜代次先生、杉浦静先生、飛高隆夫先生、戸松泉先生には、今日に至るまで数々のご指摘やご助言をいただいた。先生方には言い尽くせないほどの感謝の思いでいっぱいである。それから、いつも励ましてくださり、研究に自信が持てなかった私を後押しし、一歩を踏み出す勇気をくださった内藤千珠子先生、お忙しいなか、本書出版の相談に乗ってくださった一柳廣孝先生にも、心からお礼を申し上げたい。

そして、「斜陽」の問題に取り組むきっかけを与えてくれた「太宰治スタディーズ」の会。同年代の太宰研究者たちが集まる研究会は、楽しくもあるが常に緊張感に満ちた場でもある。また、挿絵と小説研究会では、新聞や大衆雑誌に掲載された小説と挿絵の関係を、私の場合は女性週刊誌に掲載された小説と挿絵について、発表や議論を通して学ぶことができた。それから、雑誌を研究対象として扱うことの大切さを教えてくださった小平麻衣子先生、島村輝先生、吉田司雄先生、太田知美氏、徳永夏子氏、水谷真紀氏ら「若草」研究会の方々にもお礼を申し上げたい。こうした研究会の場が、本書の大きな糧となった。

そして、出版を引き受けてくださった青弓社の矢野未知生氏。刺激的な切り口で様々な本を世に送り出している青弓社から本が出せたらという、妄想に近い願望が実現したことはいまだに信じられない。行き詰まった私に対して的確な助言をしてくださった矢野氏にも感謝を申し上げたい。

最後に、常に私を支えてくれる家族へ、心からの感謝を捧げたいと思う。

二〇一四年十月

井原あや

［著者略歴］
井原あや（いはら・あや）
1977年、静岡県生まれ
大妻女子大学大学院文学研究科博士課程単位取得退学、博士（文学）
現在、亜細亜大学、大妻女子大学、相模女子大学、実践女子大学非常勤講師
編著に『名古屋のモダニズム』（ゆまに書房）、共著に『新世紀太宰治』（双文社出版）、『戦後詩のポエティクス』（世界思想社）、論文に「太宰治研究――〈女語り〉とその周縁」（大妻女子大学、2007年）ほか

〈スキャンダラスな女《おんな》〉を欲望《よくぼう》する
文学・女性週刊誌・ジェンダー

発行………2015年1月22日　第1刷
定価………2600円＋税
著者………井原あや
発行者……矢野恵二
発行所……株式会社青弓社
〒101-0061 東京都千代田区三崎町3-3-4
電話 03-3265-8548(代)
http://www.seikyusha.co.jp
印刷所……三松堂
製本所……三松堂

ISBN978-4-7872-3381-3 C0036